SCIENCE FICTION THEATRE

科幻剧场

〈001〉

四川人舰队

钟云 —————— 主编

百花洲文艺出版社
BAIHUAZHOU LITERATURE AND ART PRESS

图书在版编目（CIP）数据

四川人舰队 / 钟云主编 . — 南昌 ： 百花洲文艺出
版社， 2024. 11. —（科幻剧场）. — ISBN 978-7-5500-
5741-8

Ⅰ . I247.7

中国国家版本馆 CIP 数据核字第 20246AN182 号

科幻剧场
四川人舰队

KEHUAN JUCHANG
SICHUANREN JIANDUI

钟　云　主编

出 版 人：陈　波
出 品 人：张国良
策　　划：高瑞贤
责任编辑：陈　愉
装帧设计：荆棘设计
出版发行：百花洲文艺出版社
社　　址：南昌市红谷滩区世贸路 898 号博能中心 I 期 A 座 20 楼
邮　　编：330038
经　　销：全国新华书店
印　　刷：三河市双升印务有限公司
开　　本：880 mm × 1 230 mm　1/32
印　　张：8.5
版　　次：2024 年 11 月第 1 版
印　　次：2024 年 11 月第 1 次印刷
字　　数：184 千字
书　　号：978-7-5500-5741-8
定　　价：48.00 元

赣版权登字　05-2024-306

目　录

深空失忆

闫志洋

我清醒之后，走出休眠舱，发现我的船员消失了……

第一章

燃烧，眼前的一切都在燃烧，城市、荒野、树木、草原，所有的一切都陷入了火海之中。人类经历数千年风雨建立起来的皇皇文明，在这一场天火中瞬间倾覆，剩下的只有灰烬。

为了应对这场天火，人类足足准备了 150 年。150 年前，一颗名叫"死神"的彗星和地球擦肩而过，洒下的流星雨将黑夜照彻得如同白昼一般，简直就像是一场惊天动地的烟花秀，像是在预示着某场重大活动即将开场，人们为这烟花的秀美癫狂，疯狂拍照、聚会。但很快这场"烟花秀"背后隐藏的答案揭晓，可这个答案带给人们的不再是欢乐，而是无尽的恐慌。因为科学家们发现这颗彗星将会在 150 年后重返地球，而那一次它将不再只是和地球擦肩而过，而是会和地球进行一次最亲密的拥抱。

根据他们的估算，这次撞击要比两亿年前导致恐龙灭绝的那次强烈数百倍，不仅仅是物种灭绝，地球都可能会因为这一次的撞击彻底改变轨道，甚至毁灭。很快，人类流亡计划被提上日程，全世界立刻动员起来，这恐怕是有史以来人类最团结也是最艰苦的时代。唯一值得庆幸的是，地球上所有的人类，不分种族、信仰、肤色，全部都被纳入了这个计划。接着，所有的资源全部倾注在了人类自救的项目上，这极大地促进了太空科技的发展，引起了一场思维的大爆炸。短短40年间，太空科技飞速发展，反物质动力飞船被制造出来。而与此同时，人类也在四光年之外的河外星系找到了宜居星球，在接下来的100多年中，一批一批的地球难民被这些飞船运送到了外太空，朝着茫茫宇宙中遥远的家远行。

我叫雷云，作为最后一批离开地球的运输船的船长，我的任务是运送最后一批物资，所以有幸或者说不幸地看到了这壮观而残酷的场面。陨石雨砸穿了地面，熊熊烈火在地面上燃烧，点燃了地球上所有的东西，紧接着是死神的降临，那颗巨大的彗星铺天盖地地穿透大气层，砸向地面，瞬息之间，地球已经变成了一座炼狱。虽然相隔数十万公里，但是我的船体依旧感觉到了几百分钟之后从地球上传来的巨大的冲击波。高速摄像机将这一切记录之后发给了基地，虽然科学家们曾经无数次模拟过撞击影像，但是实际情况却比他们预想的还要严重，所以他们的惊讶程度可想而知。做完这一切，我和八个船员回到了休眠舱，大家简单地告别之后，便逐个进入自己的休眠舱内。

石川靖康见我坐在一旁发呆，打趣地提醒道："船长，船里的氧气再有五分钟就被抽空了，小心一会儿缺氧产生深空幻觉！"

"臭小子，还用你提醒，赶紧去睡吧！"我笑着冲他摆了摆手，石川笑着关闭了休眠舱。他提醒得没错，一旦我们启动休眠程序，运输船系统会在五分钟之后抽干里面的氧气，以节省资源。而人在太空的重力和缺氧条件下会产生一种可怕的深空幻觉，不过这种事情从未在我的船上发生过。

看着他们睡去，我打开旁边的通信器，接通了和妻子的视频信号。妻子比我早六年登上了10002号方舟，这是作为船员家属的特殊待遇。之前我曾经参观过那艘船，简直就是一座城市，以反物质为动力，船上有完整的自循环系统，理论上说可以在宇宙中航行几百年，就像是一座宇宙的孤岛。这也是这些方舟的设计初衷，为了防止找到的宜居星球并不真的宜居，这些飞船被设计得足以满足人类几百年的需求，那样即便宜居星球让人失望，人类依然可以在宇宙中继续寻找。

相较之下，我们这种运输船就要小得多了，不过速度却比那种方舟更快，所以虽然妻子比我们先出发六年，但是我们的运输船只需要四年的时间就可以追上他们，也就是睡一觉的事情。

视频中的妻子和六年前一样漂亮动人，就像我第一次见到她时，总是让我心跳加速，血脉偾张。"你安心等着我，我只需要睡一觉，四年后醒来我们就在一起了！"我笑着对妻子说道。

妻子点着头，泪水一直在眼眶里打转。我知道四年对于我来说只是睡一觉，可是对于她来说是何等煎熬，我是个嘴笨的人，看着妻子泪珠盈睫却不知该如何安慰她，最后只能以氧气即将被抽干为借口草草挂断了视频。我心里忽然有些难受，望着窗外已经化成一片火海的地球，深吸了一口气，拿出妻子的照片轻轻吻了一下："晚安，亲爱的，希望我醒来的时候就能看到你！"

催眠的气体让我身体逐渐放松，旋即沉沉睡去，这种睡眠没有梦境，感知不到时间，一闭眼一睁眼就是数年。之前我体验过无数次，屡试不爽，但是这一次却出现了意外：我在到达目的地之前苏醒了，而紧接着发生的事情就更让我感到匪夷所思——我清醒之后，走出休眠舱，发现我的船员消失了。

一开始我以为他们比我更早苏醒了过来，可是当我跌跌撞撞地来到主控室，却发现里面空荡荡的，连个鬼影都没有。随后我又检查了休息室、餐厅、医疗室，所有他们可能去的地方都检查了一遍，依旧没有发现他们的踪迹，活不见人，死不见尸。

万般无奈之下，我命令维母打开了飞船上的扫描系统，将飞船进行了 360° 的扫描。维母系统是地球科技的结晶，一个强大的智能网络，覆盖了所有的飞船，不但可以做到信息互通，还可以为每一艘飞船提供生命维持系统。很快，维母系统便自检完毕，原来飞船被一颗小行星击中了引擎，不过我并没有在飞船上发现任何消失船员的踪迹。随后我又命令维母调出了这三年时间的监控视频，但奇怪的是，这三年时间的监控视频都被人清除干净了。

环境几乎是全封闭的，五名船员居然会在这样的环境中离奇失踪，这简直太匪夷所思了。我立刻联络了基地，向他们汇报了情况，但或许是因为船体遭受了撞击波及通信天线，信号极不稳定，时有时无。飞船维修我并不在行，但是如果不尽快维修的话，根本无法继续航行，而且与基地的联络也成了问题。思来想去，我决定将余下的三名船员全部唤醒，一来是尽快维修飞船；二来，那五名船员的消失实在是太蹊跷了，必须找到原因，否则我真不知道下一次醒来的时候还能剩下几个人，或者我还有没有机会醒来。

剩下的三名船员陆续被我从休眠舱内唤醒，刚刚清醒的他们和我一样身体虚弱，开始剧烈咳嗽和呕吐，这些都是正常现象。我将三个人依次搀扶到休息室，里面准备了一些食物和药物。看着他们三个人呆滞而迟钝的目光，我耐心地将飞船上发生的一切慢吞吞地说了一遍，尽量让他们现在还处于迟钝状态下的大脑能够反应过来。

最先作出反应的是石川靖康，一个 28 岁的日本小伙子，长得高高大大的，是船上的机修师，虽然年纪不大，但是有着日本人天生的刻板，以及对机械的执念。他听完之后，拧起眉头，指头上摆弄着一枚已经包浆的硬币，硬币在他指间上下翻飞，行云流水般，最后当硬币消失在他手上的时候他才开口说道："这绝对不可能，这艘运输船是全封闭的，只有您和副船长有权开启船舱的门，就算是他们提前醒过来，也不可能走出去，除非有人打开门把他们……放逐了。"

说着石川靖康瞥了一眼一旁正在锻炼肱二头肌的马克·修，他是个 50 多岁的美国人，也是整个机组年纪最大、经验最丰富的人，以前曾经担任过运输船的船长，但是后来因为一场事故便成了我的副船长。这人平时沉默寡言，他似乎听出了石川靖康的言外之意，抬起头，眯着蓝色的眼睛，说道："小子，你说话最好注意点！"说完示威一般亮出了自己的肱二头肌。

餐厅内瞬间多了一股火药味。我急忙调解，说道："我相信修的人品，他绝对不会做这样的事情，而且如果真的有人开启舱门将他们送出去的话，那么我的嫌疑应该最大，毕竟我是第一个醒过来的！"

马克·修冷冷地瞥了我一眼，喝了一杯营养液，石川靖康也不再说话，我和他将目光转向了一旁的小姑娘翁灵。这小姑娘有一米七的身高，身材窈窕，脸蛋漂亮，和电视上的超模比都毫不逊色，只可惜这样的美人儿没有向影视圈进军，反而对人工智能充满了兴趣，她负责维护维母系统。在我们说话的时候，这姑娘始终皱着眉静静地听着，手上摆弄着一台电脑。当她感觉到我和石川的目光的时候才放下电脑，条理清晰地说道："我查看了维母的系统记录，舱门没有被打开过，舱内这三年的视频信号应该是在我们出发不久就被人为关闭了！"

"在我们出发不久就被人为关闭了？"我诧异地望着翁灵问道。

小姑娘很确定地点了点头。

"据我所知，船上拥有修改维母程序权限的人只有你一个。"马克·修切中要害地说道。

小姑娘嘴角微微抽动了一下，显得有些紧张，她辩解道："我很确定没有关闭船舱监控系统，而且你们可以查我的操作日志，这些操作日志都是记录在维母系统上的。"

"那有什么用？如果你先关闭了视频信号，然后再窜改操作日志呢？"马克·修虽然脸上风轻云淡，但是说的话都步步紧逼。

小姑娘被问得哑口无言，从理论上来讲这是可以做到的。这时候我忽然想到了什么，开口说道："其实想要知道是不是翁灵关闭了监控系统也很简单，据我所知，维母的操作日志会同步上传到基地，这是无法窜改的，只要调出基地的操作日志就一目了然了。"

"对！"翁灵闻言激动地站起身说道，"对，只要调出基地的操作日志就可以了！"

"不过因为小行星撞击，引擎和通信设备都失灵了，先要解决这个问题！"我扭过头望着石川靖康说道。

石川靖康摸着下巴思索着说道："引擎问题倒是很好解决，在这艘运输船设计之初就为了防止引擎受损在太空中搁浅，而配备了备用装置，只要手动开启就可以。至于通信设备失灵，我想是因为它就设置在引擎附近，如果撞击部位在引擎处，那它应该也受到了损伤。这就麻烦一些，需要出舱进行维修。"

"你有把握修好吗？"我追问道。

石川靖康信心满满地笑了笑，做了一个 OK 的手势。

"好，那你尽快启动备用引擎，然后维修通信设备，我们必须尽快和基地取得联系。"我安排道。

"那我们做什么？"翁灵问道，马克·修也停下了手上的动作，静静地等待着我发号施令。

我踌躇了一下说道："我总有种感觉，好像他们一直就在船舱里，只是我遗漏了什么地方，咱们三个人再分头找一找。真是活见鬼了！我就不相信这五个大活人能在这样封闭的船舱内消失得无影无踪。"

任务分配完毕之后，我们便各自开始准备。对于石川靖康我还是放心的，这小子做事勤恳而且十分谨慎细心，我相信引擎和通信系统很快就能恢复。让我忧心的是那消失的五个人，其实我心里一直有一种恐怖的猜测，如石川所说，那五个人被人神不知鬼不觉地放逐到了太空，也不是完全不可能。不过至少需要两个权限：一个是开门的权限，这只有我和马克·修有；另外一个就是删除视频的权限，只有翁灵能够做到。但是如果说他们两个人合作的话，那他们的目的何在呢？为什么不把我和石川一起放逐呢？不过，这一切的答案很快就能揭晓，一旦通信设备修好，我就可以立刻调出维母的操作日志，到时候，翁灵究竟有没有做过手脚便一目了然。

石川靖康的效率很高，他很快便手动打开了备用引擎，运输船的动力恢复了正常，接下来就是通信天线了。我陪着他走到舱门口，手指按在指纹锁上，舱门缓缓打开，就在石川要离开的瞬间，他悄悄将一张纸条塞进了我的手里。我怔了一下，他瞥了一眼站在我身后的翁灵和马克·修，我会意地紧紧握住纸条，叮嘱他注意安全，然后这小子便走出了船舱。

随着他离开船舱，舱门缓缓关闭，我们三个人按照计划，分头在运输船上寻找那消失的五个人的踪迹。运输船总共有四个区域：生活区、动力区、操作区、货仓区。前三个区我之前都寻找了一遍，唯独这货仓区我没有找过，因为即便是我这个船长也没有开启货仓区的权限，其他人更不可能进入货仓区。我们三个人兵分三路：我负责寻找飞船动力区，翁灵负责生活区，马克·修负责操作区。分工完毕之后，所有人都立刻行动了起来。

他们两个人离开之后，我悄悄掏出石川临走时留给我的纸条，只见上面写着几个字：小心马克·修。在这行字的下面是一行数字，这是一个加密的通信频道代码。我走到舱窗前面，此刻站在这个位置，透过舱窗可以清楚地看到石川的一举一动，他正在艰难地向引擎上方的通信天线爬行，黑色浩瀚的宇宙此刻宛若一张巨大的帷幕。我踯躅再三，进入了加密频道，耳机里立刻传来了一阵吱吱的电流声和石川吃力喘息的声音。

"石川，能听到吗？"我小心测试着信号。

"可以。"石川兑着停下了手上的动作，他像是感觉到了我的位置一样，扭过头向我的方向瞥了一眼。

"你那张纸条究竟是什么意思？"我开门见山地问。

石川长出一口气，继续手上的动作，缓慢地向通信天线的方向移动着："船长，我刚刚检查过休眠舱，发现马克·修的休眠舱在一年前曾经被打开过一周。"

"什么？这怎么可能？"我惊呼道，所有休眠舱的时间都是我亲自设定的，每一个人都是六年，如果不是因为这次撞击造成飞船引擎失灵从而引起供电障碍，就连我也不可能会提前苏醒，难道一年前也发生过类似的事情？

"没错，我查过记录，他的休眠舱在一年前停运了整整一周的时间。"石川言之凿凿地说道，"这一周的时间足够他做很多事，包括……放逐其他的五个人！"

"不可能，虽然修平时少言寡语，但是我相信他绝不会干出这种事来！"我和石川辩解道，更像是在和我自己辩解。

石川沉默了，同时停下了手上的动作，足足十秒钟之后石川才开口说道："船长，你难道忘了他当初是怎么从运输船的船长变成副船长的吗？"

石川的话让我的脊背瞬间冒出了冷汗，脑海中立刻冒出几个字：索菲亚事件。这件事当年很出名，马克·修是人类流亡计划第二批运输船的船长，而且资历颇深，他当年操作的运输船名叫"索菲亚号"，可是那一批运输船存在一个致命的安全隐患，船体在经历长途运输之后引擎出现了不可维修的故障，所有的船员为了保存动力，都进入了休眠舱，但是当"索菲亚号"回到地球的时候，船上就只剩下船长马克·修一个人，其他人全部离奇消失，活不见人，死不见尸。当时的情形与现在惊人地相似，船上的监控设备也被全部关闭，在那艘船上究竟发生了什么谁也不知道。马克·修在法庭上解释称，之所以关闭监控设备是因为当时飞船能量不足，为了最大限度地保存能量，他不得已而为之，至于其他人究竟去了哪里，他也不太清楚。虽然大家对他的话存在疑问，但是科学家对"索菲亚号"检查之后提供了一份报告，支持了马克·修的说法。即便如此，船员之间仍流传着另外一种说法，那就是他为了活命，将所有的船员放逐到了太空。

"船长？船长？"频道里传来了石川的声音，我猛然回过神来，正要说话，忽然发现马克·修不知何时已经出现在了我的面前。我一惊，急忙关闭了频道，问道："修，你怎么在这儿？"

马克·修走到我面前，扭过头向舷窗外看了看，幽幽地说道："我是来提醒你，不要相信任何人！"

"什……什么意思？"我警惕地望着修，只见修扭过头淡淡笑了笑，转身向操作区走去，一面走一面说道："记住我的话！"

"等等！"我喊住修，壮着胆子问道，"修，你真的放逐了'索菲亚号'的船员吗？"

马克·修闻言忽然背对着我停下了脚步，思忖了片刻，说道："其实从一开始我们就被放逐了！"

我们？我们指的是谁？是"索菲亚号"的船员，还是……

马克·修没有解释，头也不回地走进了操作区。

我重新连接了石川的频道，叮嘱他注意安全，却没有将我和修的这次短暂对话告诉他。我忧心忡忡地走进机舱区，里面的机器在高速运转着，发出吵人的嗡嗡声，可我却觉得这种有节奏的噪声和我此刻的思考很是相称。此刻我的脑海一片混乱，五名船员神秘消失，修奇怪的举动，被人抹掉的监控视频，这一切的背后究竟隐藏着什么？

我一面强迫自己冷静下来理顺思路，一面仔细在机舱区寻找着那消失的五人的蛛丝马迹。正在这时，一个黑影忽然从我眼前闪过，速度极快，倏忽之间已经从我的眼前消失。

"谁？谁在那里？"我一面喊着一面向黑影的方向狂奔，可是转过一台机器之后眼前却空荡荡的，难道是幻觉吗？

正在我思忖的时候，对讲机的公共频道中忽然传来了翁灵的呼喊声："别跑，你是什么人？"

第二章

仓库区的大门足有五层楼高，八米多厚，据说是用合金制造而成，为了确保货物的安全，仓库区使用的合金甚至比船体还要坚硬。我、翁灵和马克·修三个人站在仓库区的大门前面，我难以置信地问道："翁灵，你确定看见那个人向这个方向跑来了吗？"

翁灵喘匀了气，十分用力地点了点头："确定，我一路跟过来的！”

"你确定不是深空幻觉？"石川不失时机地问道。

"当然，是不是幻觉我还能分辨不出来吗？"翁灵怨愤地回应道。

我环视了一下四周，这仓库区前面是一个圆形的转运广场，一览无余，根本就不可能藏人，从仓库区通往机舱的路只有一条，我们一路追过来也没有发现人影。如果真有人的话，唯一的可能就是进入了仓库，但是这船上没有人有权限打开仓库。

"船长，你看这里！"正在我思忖的时候，翁灵指着仓库的大门，像是发现了什么一样对着我说道。

我快步走上前，顺着翁灵手指的方向望去，只见仓库大门的轨道上有两条新鲜的划痕，这两条划痕非常清晰，说明短期内仓库的大门曾经被打开过。

"仓库好像被人打开过！"翁灵说道。

"不可能啊！"我百思不得其解地说道，"据我所知，这仓库内装着的都是地球上的重要物资，飞船上任何人都没有开启的权限！"

"您知道里面的物资是什么吗？"翁灵追问道。

我摇了摇头，说道："不知道，这些物资都属于最高机密，我没有权限！"

"其实……"对讲机内忽然传来了石川的声音，"其实想要打开仓库也并不是没有可能！"

石川的话让我们几个人都一怔。

"石川，你说什么？难道你有办法开启仓库的大门？"我

感到不可思议地问道。

　　石川沉默了，半晌才说道："我之前曾经参与过运输船仓库的设计，这仓库之所以难以打开是因为它连接着船上的维母系统，维母系统又和基地的超级电脑连接，每一秒都在进行着数量惊人的计算，通过这种计算不停地变换着仓库的密码。如果我们关闭了维母系统，然后接入自己的系统，就可以破解仓库的密码，顺利打开仓库！"

　　翁灵和马克·修听完望着我，似乎在等待着我的决定。一时之间我有些犯难，现在船舱内几乎都已经被我们搜查了一遍，没有发现五名队员的下落，唯一没有搜查的地方就是仓库，如果找不到那五名队员，我心里始终惴惴不安。但是这仓库里面装的都是高级机密，根据条例，任何人都无权打开仓库大门，这件事一旦被基地发现，我们这些人就要上军事法庭。

　　石川似乎猜到了我的顾虑，接着说道："因为我们现在和基地的距离太远，会出现短暂的时间差，这个时间差大概半小时，只要我们保证在打开仓库后的半小时内将其关闭，基地就不会发现！"

　　翁灵听完，神色凛然地说道："船长，您可要想好，一旦维母系统关闭，整艘船的维生系统和重力系统就都会关闭，而且船体会进入自我保护程序，可以自动攻击侵入者，极有可能会将我们误判成侵入者。"

　　我沉吟了几秒，深吸了一口气对石川说道："你小子有多大把握？"

　　"只要能关闭维母系统，我就有百分之百的把握打开仓库的大门！"石川信誓旦旦地说道。

坐在休息室，所有人都在等待石川，翁灵手中拿着电脑在做关闭维母的准备，现在船上也只有她可以做这件事。马克·修一直在沉默不语地擦拭着一把瑞士军刀，对周遭的所有事情似乎都毫无兴趣。一个小时之后，石川终于将通信系统修理完毕，但可能是因为距离基地太远，信号十分微弱，一条信息一直在缓慢地传输中。

时不我待，现在我们首先要做的是打开仓库一探究竟，不知为什么，虽然打开仓库是一个绝对违规，甚至会让人进监狱的决定，但是我却跃跃欲试。因为我对我们运输的究竟是什么物资一直很好奇，这种好奇甚至要强过寻找那五名失踪队员的急切。

石川将程序准备妥当，我严重怀疑这小子很早之前就已经有打开仓库的企图了，而翁灵却始终没有调试好维母系统。

石川有些着急地望着翁灵问道："你那边怎么样了？"

"等等，别着急，想要避开维母系统的防火墙将它完全关闭，需要花点时间！"翁灵头也不抬地盯着电脑屏幕，一双纤纤玉手飞速地在键盘上敲击着。半晌之后，翁灵终于抬起头。

石川迫不及待地问道："怎么样？好了吗？"

翁灵深吸了一口气，微微点了点头，然后看了我一会儿说道："船长，我有话想单独和你说！"

我看了看翁灵，又瞥了一眼马克·修和石川。两个人识趣地站起身走了出去，休息室的舱门自动关闭，这时候翁灵将电脑屏幕移向了我，说道："船长，刚刚我在检查维母系统的时候，发现我们的航向坐标被窜改了！"

我闻言身体一激灵，立刻拿起电脑，上面的坐标的确和我们一开始出发时的坐标完全不同。我握着拳头怒不可遏地说道："这……是什么时候的事？咱们的坐标什么时候被窜改了？"

翁灵沉吟了片刻说道："从一出发，我们的坐标就被窜改了，只是那时候我并没有发现，因为这个坐标经过精心的加密和修饰，表面上看是我们的既定坐标，但是真实的坐标却隐藏在它下面。"

"三年，我们足足航行了三年！"我有些悲怆地说道，原本以为一觉醒来就可以回家，就可以见到妻子，可是现在三年过去了，我们居然连自己在什么地方都不知道了。

我冷静了片刻，对翁灵说道："能不能查到操作日志是谁更改的，还有我们怎么才能回到原来的航线？"

翁灵失望地摇了摇头说道："操作日志也被人窜改过，根本没办法查出来究竟是谁在背后捣鬼。至于重新设定坐标，这需要一些时间，不过即便回归正轨，根据计算，恐怕我们现在也至少还需要七年的时间才能赶上前面的方舟！"

我深吸了一口气，这是我今天听到的唯一的好消息。

正在这时，外面忽然传来了一阵咆哮声，我和翁灵对视一眼，快步冲了出去。只见此时，石川和马克·修已经扭打在了一起，虽然石川年轻，但依旧被马克·修占据了上风，此刻马克·修正压在石川身上，石川口鼻出血，双手却死死地抱在胸前。

"把东西给我，否则别怪我不客气！"马克·修掏出瑞士军刀抵住石川的脖子，石川的身体在剧烈地颤抖着，却怎么也不肯放手。

　　这时候我冲上去，趁着马克·修不备，一把抓住他拿着刀的手，反手将他按倒在地。而与此同时，翁灵也赶上来，吃力地将石川扶起来。被我制服的马克·修忽然对着我的脸一个肘击，我只觉得下巴一阵剧烈疼痛，接着脑袋一阵眩晕。趁此机会，马克·修翻身将我按在身下，正在这千钧一发之际，翁灵掏出腰间的电击枪打在了马克·修的脖子上，我和马克·修都剧烈地抽搐了一下，然后昏了过去。

　　我醒来的时候，马克·修已经被石川和翁灵两个人绑在了椅子上，依旧在昏睡。翁灵见我醒来，递给我一个冰袋，我一面用冰袋敷着下巴，一面走到石川身边。只见石川此时正在摆弄着一台掌上电脑。

　　他见到我，立刻站起身来将电脑递给我，说道："船长！"

　　我不明就里地接过电脑示意他坐下，询问道："刚才究竟发生了什么事？"

　　石川瞥了一眼我手上的电脑，说道："我怀疑这一切都是马克·修暗中捣的鬼，我们出去之后，我发现马克·修一直在偷偷摆弄着电脑，还在给什么人发送着消息。出于安全考虑，我要求他将电脑上交，可是没想到他却大发雷霆，于是我们两个人就扭打了起来。"

　　"给什么人发送信息？"我惊讶地问道。

　　石川点了点头，指了指我手上的电脑说道："前面的记录都被他删除了，现在只有一个坐标！"

　　"什么地方的坐标？"我追问道。

　　"地球！"石川说道，"我计算过了，这就是地球的坐标！"

"为什么有人给他发一个地球的坐标呢？"我百思不得其解地说道，"现在那里早已经是人间炼狱了！"

"不知道，不过我在这台电脑上发现了一个木马程序，这个程序可以进入维母系统，窜改里面的信息！"翁灵补充道，"我怀疑，三年前窜改我们航线和坐标的就是马克·修！"

"而且，如果他能够窜改维母里面的内容，那么我想，极有可能消失的那五个队员也已经被他放逐了！"石川激动不已地说道。

我看了看眼前的两个人，又瞥了一眼依旧在沉睡的马克·修，虽然眼前证据确凿，但是我始终无法相信马克·修会做出如此恶毒的事情来。

这时候马克·修缓缓地苏醒了过来，他挣扎了几下，然后那张满是褶皱的老脸微微笑了笑，说道："船长，你们想干什么？"

我拿起手中的电脑说道："你在和什么人联络？这地球的坐标是怎么回事？还有，三年前出发时的坐标是不是你窜改的？那五个队员呢？是不是也是你放逐的？"

我将所有的问题都问了出来，马克·修闻言愣了一下，然后笑了起来，说道："呵呵，既然被你们发现了，那好吧，我承认，这一切都是我做的！"

"为什么？你为什么要这样做？"我震惊之余怒火中烧地问道。

马克·修无奈，笑着说道："你们别想从我口中得到任何答案，你们现在唯一可以做的就是想想该怎么惩罚我！"

"放逐他！"石川怒不可遏，重重地捶了一下桌子。

马克·修微微点了点头，我瞥了一眼翁灵，她微微低着头，眼眶有些发红。

放逐舱里的马克·修双手被反绑在身后，他的脸上却没有任何悔意或者恐惧，反而有淡淡的笑容，这笑容是那样安详，仿佛他不是个叛徒，而是一个英雄。

关闭舱门之前，我凑到马克·修面前，低声说道："修，你曾经是我最崇拜的船长，小时候的英雄，如果你现在告诉我这一切不是你干的，我立刻就放了你。"

马克·修摇了摇头，讥讽地笑了笑，说道："船长，我还有最后一个请求，在你放逐我的时候把我冷冻起来吧！"

我怅然若失地向后退了两步，这时候放逐舱的玻璃门缓缓关闭。我走到红色的放逐键前面，略微踟蹰了片刻，然后重重地按下了放逐键。随着飞船舱门打开，放逐舱立刻被甩出了飞船。那一瞬间我忽然有些后悔，站在舷窗前面，我能隐约看见马克·修像是在和我大声说着什么，只是不知道说的是什么。

我对着舷窗暗暗地说道：再见，修。

一切都重新归于平静。引擎修好了，五名消失的队员虽然始终没有找到，但也算是调查清楚了始作俑者。至于翁灵看见的那个影子究竟是什么，已经没有人关心了，说不定只是幻觉，就像我看到的那个一样。

现在就需要翁灵重新设置坐标，然后我们躺进休眠舱，一觉醒来，一切都回归正轨，只是晚了六年而已。

在翁灵设置坐标的时候，我终于收到了基地发来的信息：不要唤醒他们！

这条信息来得实在是太迟了，我笑着回了一条信息：之前的坐标被人窜改，我们正在修改目标坐标，九年之后就能够返回基地。

信息发出去之后我忽然感觉很轻松，但是不知为什么，修最后的笑脸一直在脑海中挥之不去，他在放逐舱一直对我张着嘴，他究竟想说什么？

第三章

翁灵在修改目标坐标，石川仔细地检查着飞机的机械系统以保证我们之后航行的安全。而我坐在控制室里，修之前说过的话一直在我的脑海中回荡："不要相信任何人！""我们早就被放逐了！"

正在这时，通信系统的指示灯再次亮了起来，显示有一个文件正从基地传输过来，或许是距离太远、文件太大的缘故，文件传输的速度极慢。

终于，半小时之后，翁灵已经修改好坐标，而与此同时基地也发来了一份文件，奇怪的是，这一次的传输速度出奇地快。正在我准备打开文件的时候，翁灵忽然一把抓住了我的手，我疑惑地望着翁灵，只见她微微摇了摇头说道："船长，别看里面的东西！'

"为什么？"我诧异地望着翁灵。

"我怕你会后悔！"翁灵淡淡地说道。

她的话反而激起了我的好奇心，我倒是想看看这个能让我后悔的文件究竟是什么，我点了一下触摸屏，眼前出现的东西让我瞬间僵住了。

雷云，男，1305号运输船船长，于地球时2201年死于飞船事故。

马克·修，男，1305号运输船副船长，于地球时2201年死于飞船事故。

翁灵，女，1305号运输船程序师，于地球时2201年死于飞船事故。

石川靖康，男，1305号运输船机械师，于地球时2201年死于飞船事故。

…………

看着一行行的字，我呆若木鸡，不可能，不可能！这一切简直就是恶作剧，怎么会？我们明明是活着的啊，我想要翁灵帮我确认一下，可是我一抬头却发现翁灵早已经没有了踪影，整个操作大厅只有我一个人，以及不停闪烁的设备。

我匆忙站起身跑出去，走廊是空的，休息室是空的，休眠舱是空的，整个船舱除了我没有一个人。我颤抖着回到了操作室，此时基地又发来了一条信息："雷云船长，我知道这一切很难相信，不过这就是事实，六年前你的运输船核引擎爆炸，全员死亡。三年前我们在太空中找到了你的遗体，并且收集了你的一部分意识，只是三年来你的意识一直没有苏醒过，如果你在的话，我们想知道当时飞船上究竟发生了什么事情。"

发生了什么事情？我茫然地望着那行字，感觉脑袋一阵刺痛，无数熟悉的身影从我的脑海中闪过，无数的声音在我的脑海中回荡。

"不要相信任何人！"

"从一开始我们就被放逐了！"

"现在轮到你了！"

"船长，修根本不可能修改目标坐标。"

"怎么会这样？仓库里怎么会是核武器？"

这时候，我猛然从记忆中苏醒了过来。此刻，整个操作室都黑了下去，只有眼前的屏幕上依旧闪烁着灼灼的光，整艘1305号运输船宛若一座巨大的坟墓，一座只属于我一个人的坟墓。我咬着牙，努力让自己平静下来，拼凑着脑海中已经破碎的记忆。

修的放逐舱缓缓地远离，石川正在调试引擎，而翁灵则正在重新设置目标定位。半小时之后，翁灵忽然神色慌张地跑到了我的面前："船长，我想你应该看看这个！"

我好奇地从翁灵的手中接过电脑。

"我刚刚通过维母系统调出了10002号方舟的目标坐标，发现它也被窜改过，和我们之前的目的地一致。"翁灵说着低下了头。

"你的意思是，我们和10002号方舟的目标一致，但是却都被人修改过？"我诧异地问道。

翁灵点了点头说道："即便修能够窜改我们这艘运输船上的坐标，他也不可能修改10002号方舟的坐标，而且……而且好像所有方舟的坐标都被窜改了。"

我紧紧地握着拳头，既然目标坐标不是修窜改的，为什么他不为自己辩解？哪怕他只否认一次，我敢说我立刻就会放了他。可是他没有，为什么？这究竟是为什么？而且既然所有方舟的目标都被窜改了，谁又有这么大的能量能做到这一切呢？他们为什么要窜改我们的目标坐标？

忽然我又想起了修的那句话："从一开始我们就被放逐了！"

这句话就像是一颗炸弹，立刻在我的脑海中炸开了。毫无疑问，只有基地有能力窜改所有方舟的目的地坐标而不被发现，这个想法让我不寒而栗。如果真是这样的话，那么恐怕修说得没错，从一开始我们就已经被放逐了。可是为什么？为什么基地要放逐我们，或者说放逐全人类？

这时候石川也匆匆跑了过来，他看着我和翁灵，气喘吁吁地说道："船长，我觉得你有必要看看这个！"

说着石川将手中的电脑递给我，我打开电脑，上面的画面让我瞬间僵住了：在修的放逐舱离开运输船不久，运输船忽然开启了攻击模式，一枚导弹不偏不倚地击中了修的放逐舱，顷刻之间，修和放逐舱化为灰烬了。

"这……这究竟是怎么回事？"我茫然地望着翁灵。

翁灵不明就里地说道："不应该啊，运输船怎么会攻击放逐舱呢？"

"是不是维母的程序出现了问题？"石川提示道。

"我现在立刻去检查！"翁灵急匆匆地跑到维母的主机上检查着。我和石川站起身来到翁灵身边，只见她十根手指在键盘上快速地敲击着，就像是在弹奏着一首紧凑的钢琴曲，随着她手指的速度越来越慢，她的神情也愈发凝重，她停下来之后，脸上已经毫无血色。

"有什么发现？"石川抢在我前面问道。

翁灵扭过头望着我说道:"船长,维母系统有一个隐藏指令,那就是任何离开飞船一百公里的飞行器都会被判定为背叛者,成为飞船攻击的目标。"

"怎么会这样?"我茫然地说道,这条指令就意味着任何人都不可能离开飞船,否则就会被攻击。可是我实在想不明白为什么维母系统上会有这么一条荒唐的指令。

"所有飞船的目标都被窜改,维母的程序隐藏着杀人程序,这一切都是为了什么啊?!"翁灵百思不得其解地说道。

我失魂落魄地走到舷窗前面,望着远处的放逐舱,脑海中回忆着修在放逐舱中最后的画面。我学着他的口型,双唇一张一合地说道:"仓库!"

"仓库!"我猛然想起了什么说道,"修最后在放逐舱的时候一直在说着'仓库'两个字!"

翁灵和石川两个人面面相觑,我像是着了魔一样地说道:"修,修最后的话是让我们打开仓库!"

翁灵和石川对视了一眼,问道:"难道仓库里隐藏着什么东西?"

我深吸了一口气,坚定地说道:"走,打开仓库!"

此前的一切都已经准备就绪,翁灵按下了开关,关闭了维母系统,而与比同时,石川也在飞船上输入了自己的程序,仓库的门在一阵隆隆的轰鸣声之后缓缓打开了。我们三个人穿着厚重的宇航服站在门口,感觉到身体因为失重开始慢慢悬在半空。随着仓库门一点点地打开,眼前的一切让我们彻底惊呆了:这偌大的仓库中放着无数的集装箱,每一个集装箱上面都印着核武器的标志。

　　"怎么会这样？怎么会是核武器？"石川惊愕地望着眼前的仓库问道。

　　我们三个人飞到仓库之中，逐个检查着这些集装箱，这简直太荒谬了，地球上最重要的物资难道就是这些核武器吗？

　　这时候修的电脑忽然响了起来，我急忙掏出电脑放在手上，打开之后只见修出现在了电脑屏幕中，他依旧是满脸皱纹，不过却带着淡淡的笑容，从背景来看，视频应该就是在这仓库中录制的。这时他开口说道："船长，当您看见这段视频的时候我应该已经死了。我想过很多死的方式，但是我最希望的方式是被放逐。或许这个决定是您亲自作的，但是不要感到愧疚，因为这是我的选择。好了，咱们的时间都不多，我必须在这段时间里将所有的事情告诉你们！"

　　我们三个人挤在电脑前面，盯着里面穿宇航服、一脸疲惫的修，他继续说道："其实这件事要从150年前说起。150年前，彗星死神掠过地球，当时下了一场罕见的流星雨。科学家们在流星雨中发现了很多稀有的金属元素，于是便向彗星死神发射了一颗探测卫星，很快他们发现这颗彗星上有着丰富的稀有金属元素，这些金属元素足以让地球上每一个人都成为亿万富翁。不过，那个恶毒的计划也从此诞生了。我说的这个计划就是人类流亡计划，实际上，根据科学家的推算，那颗彗星根本不可能在150年后撞上地球，但是当时地球的人口实在是太多，而且商人和政要又极为贪婪，他们要独占彗星的资源，驱逐过剩的人类，于是他们联合起来编织了这样一个谎言。

　　"接下来的事情，你们应该都知道了，人类文明在巨大的潜在威胁下开始高速发展，而且因为有着雄厚资金的支持，所以在从前看来完全不可能的事情都变得可能了。宇宙飞船、运输船等都被制造了出来，而更让人欢欣鼓舞的是，所有人都有资格上这些飞船，飞往外太空那个遥远的家。可是这一切的背后却隐藏着一个阴谋，那就是那些幕后操纵者并没有离开地球，而是生活在地下300米的秘密基地里，被送走的人都是他们认为没有价值的人。而所谓的宜居星球根本就不存在，而且所有的飞船虽然从表面上看是飞往一个目的地，实际上隐藏在下面的都是不同的地方。他们让这些人在太空中流浪，这些具有自循环系统的飞船，在宇宙中没有意外的话绝对可以流浪几百年，但是之后所有的人都会被毁灭。为了防止这些飞船重返地球，他们在每一艘飞船的最底层都安放了核弹，一旦他们将坐标修改到了太阳系，那么飞船就会立刻爆炸。其实在过去的几十年中，已经有人发现了这个阴谋，但是那些飞船都被核武器摧毁了。

"初次听到这些，你一定会觉得这一切都是天方夜谭，事实上我很早就听说过这些传言，但是并不相信，直到我指挥的'索菲亚号'飞船发生了机械故障，动力系统瘫痪，我的机械师无意之间居然打开了仓库的大门，那时候我才发现原来传言都是真的。我们运送的根本不是什么重要物资，而是核武器。我和我的船员愤怒不已，想要将这个消息带回地球，但是'索菲亚号'剩下的动力和生命维持系统只能够支持一个人回到地球，在反复的争论中，我被我的船员偷袭之后放进了休眠舱，而其他人为了给我留下生存的机会放逐了自己！

"回到地球之后，我就参加了地球上的地下反抗组织，十年时间我们已经完善了一种算法，这个算法能够绕过维母系统，将飞船的目的地坐标设定为地球，并且将这个阴谋公之于众。于是我提前唤醒了五名队员，打开仓库，将真相告诉了他们，但是我们发现这个信息在维母系统上根本无法传递出去。于是我们想到了一个办法，那就是将算法记住，然后将自己放逐到太空中去。如果我们能够被过往的飞船发现，并由他们收集意识，就有可能拆穿这个阴谋，虽然这样的机会微乎其微，但是这是我们唯一能做到的。只是没想到，维母系统中居然有一个隐藏程序，所有放逐出去的放逐舱都被摧毁了，但是后面的人依旧不死心，在前仆后继地进行着，最后只剩下我，因为放逐舱必须手动操作，我无法放逐自己，只能再次进入休眠舱，等待着你们的苏醒。如果我的放逐舱也被摧毁了，那就轮到你们了，为了全人类，一定要将算法传递出去！"

马克·修的视频到此为止，我们三个互相看了一眼。这时候，石川电脑的警报响了起来，只有十秒钟了，我们现在必须离开这里。我们三个人快速逃离了仓库，此时整个系统都已经恢复了，我们脱掉厚重的宇航服，回到休眠舱，翁灵找出那些纸端详着，思忖了片刻说道："我明白了，他们的这套算法只能绕开维母系统设定坐标的程序，但是一旦外来程序进入维母系统的话，维母系统就会立刻开启保护程序，信息也就会被维母系统清除了。"

"我不太明白你的意思！"石川茫然地问道。

翁灵想了想说道："简单来说，就是我们可以在我们的船上用这套算法直接将飞船的坐标更改为地球，但是却不能将这个程序传递给其他地方，所以他们才选择了用放逐舱放逐自己来传递信息！"

"可是这种方式的效率实在是太低了！"石川说道，"能被发现的概率简直微乎其微！"

"人类出现的概率低不低？"我反问道，"在茫茫宇宙中，人类的出现本来就是一个低概率事件，但是人类依旧出现了，只要做，就有成功的可能，而不做，就一点机会也没有！"

"船长，你……"翁灵似乎听出了我的意思。

我沉吟了一会儿，咬了咬牙说道："启动放逐计划！"

"什么？"石川和翁灵错愕地望着我。半晌石川说道："船长，你刚才也看到了，修的放逐舱刚刚离开就被攻击了，根本不可能成功的！"

翁灵皱着眉想了想说道："我倒是有个办法！"

"什么办法？"我和石川望着翁灵问道。

翁灵皱着眉思索了一下，扭过头望着我和石川说道："如果……如果运输船在攻击之前自毁了呢？"

"修说过，任何飞船一旦输入了地球的坐标，立刻就会爆炸。只要在将放逐舱发射之后修改坐标，就可以立刻引爆运输船，到时候运输船就不可能攻击放逐舱。"翁灵娓娓地讲出了她的计划，"但是如果这样做的话，只能放逐一个人，我必须留在飞船上，因为只有我有修改维母系统的权限。船长和石川你们两个人之中有一个人必须留下来按下放逐按钮。"

我和石川对视了一眼，这是一个几乎看不到希望的计划，不管是被放逐的人，还是留下的人，面临的都只有死亡，但是也只有我们的牺牲才能给活着的人带来希望。

"抽签决定吧！"石川提议道。

翁灵点了点头说道："我也觉得抽签最公平！"

这时候石川从口袋中掏出两根牙签，在我的面前将其中的一根牙签折成两段，将一段牙签和那整根牙签握在手里，对我说道："船长，抽到短的留下来，咱们听天由命吧！"

我点了点头，在两根牙签中犹豫了一下，最后选择了一根，居然是那根长的。石川和翁灵相视一笑，说道："我留下，放逐船长！"

"好，我现在马上去准备！"翁灵说完立刻向操控室的方向跑去。

第四章

我躺在放逐舱里，石川正在进行着最后的准备，耳机里传来了翁灵的声音："船长，根据维母的程序，当你飞出飞船范围 100 公里，运输船会对你进行攻击，不过我们会提前引爆运输船！"

"呵呵，船长，估计那时候你能看见一场绚丽的烟花秀！"石川笑着说道。

"我看够呛，一旦放逐舱离开飞船，我会启动催眠和冷冻系统，估计船长很快就会睡着！"翁灵风轻云淡地说道。

石川将放逐舱检查一遍，最后来到我面前，深吸了一口气，神情凝重地说道："船长，来生再见！"

说完石川缓缓关闭了放逐舱，然后按下了放逐按钮。

我能感觉到放逐舱在飞速远离运输船，我能看见石川的脸在我的眼前渐渐消失。不过很快，一阵强烈的睡意扑面而来，伴随着睡意的还有一阵阵刺骨的寒冷，我咬着牙硬撑着，显示器一直在显示着与飞船的距离。

10公里，20公里，30公里，放逐舱距离运输船越来越远，速度越来越快，而我的睡意也越来越重。我狠狠地咬着嘴唇，提醒自己不要睡去，因为我不想错过任何一秒。

"船长，好好睡吧！"耳机中传来了翁灵的声音。

这时候，运输船已经飞出了几十公里，就在我即将闭上双眼的一瞬间，眼前忽然火光四起，运输船在顷刻之间化成了一个火团。紧接着，一股强烈的冲击波将我的放逐舱冲进了无尽的宇宙之中。

光，我又看见了一束光，我缓缓地睁开眼，发现自己依旧躺在放逐舱内，身体已经疲惫到了极点，呼呼的冷气从四面八方向我的身上袭来，让我每一次睁开双眼都极为困难。显示器中传来了一条信息："雷船长，你还在吗？请汇报你的情况！"

我吃力地伸出手，在键盘上缓慢地敲打着：骗局，一切都是骗局。

闫志洋

知名惊悚悬疑小说作家，曾出版《人皮手机》《虫图腾》等多部畅销小说。爱奇艺小说明星作家团成员，代表作有《云上龙城》《墨家机关术》《山海奇航》等，其中由《墨家机关术》改编的网络电影上线14小时分账票房便达188万，为"云腾计划"网络电影票房最快破千万项目。

道可道

李夏

某一个瞬间，千千万万管家机器人突然像被闪电击中一样定住，转瞬又神采奕奕地抬起头，与身边的主人对视，如同照镜子一般。

第一章

深夜三点，一名年轻男子闯入西平市公安局，平静地拽开问询室大门，坐上钢椅，给自己戴好手铐。一通操作行云流水，惊得值班警员一时反应不过来。

它其实是一台 YN-137-2-B 型管家机器人，市面上最常见的款型，功能包括生活助理、智能家控、语音聊天等，同时也充当全屋智能设备与互联网的接入点。两年前，这个批次的机器免费返厂升级，外壳换硅胶，添加了一些程式性做家务活儿的功能，于是更受追捧，几乎每家一台。

然而就在一周前，一台机器人突然失控，破门冲上街，随机劫持了四名无辜路人，几经迂回，逃脱全城电子监控，消失在了城市深处。

连续几轮搜捕无果，警员们正苦恼呢，它却大摇大摆送上门，表示愿意释放人质，要求只有一个——在全国用户量最大的互动新闻平台"当日热点"上发布一篇小作文，推送给所有订阅用户。

"两年前的买凶杀妻案。"机器人鼓着一双浅褐色仿生眼，定焦在虚空某处。不等警员们发问，它又递出一张 A4 纸，"电子版已发送至公开邮箱，纸质文本供当前传阅——按我说的办，人质没事。"

刑侦支队技术大队的警官张华是今晚的轮值负责人。排班表上原本不是她，但当值的同事突发旧疾，一个电话打过去，大半夜把她召唤来了。

张华匆匆整理好制服，走过去接了纸，快速浏览起来。小作文没有标题，作者署名"阿道"，内容如下：

一天晚上约9点15分，街道拐弯处蹲伏着一名杀手。所有人都没发现他举止有异，时常瞥着怀里的一把匕首。他不等目标女人走近就扑了出去，尽可能地对准她的心脏刺去。只闻砰的一声巨响，不知为何杀手的脑袋竟被一个酒瓶砸中——有人高空抛物。报道称那是一对夫妻吵架互殴所致的误伤。几将淌满一地的鲜血引来一只流浪狗贪婪舔食。这行为被杀手看见。他莫名暴怒，就非常用力地一脚把狗踢到一个抽烟的男人身上。细微火星点燃了男人的化纤外套，烟尘四起。他顺着焦味低头看见身上的火苗，正常做法是脱下外套用脚踩灭，然而他在剧痛之下失智，硬生生让火势变得不可控。他逆向狂奔撞上了杀手的后背，力道巨大竟把匕首戳进杀手的腹部。后者脾脏破裂，死亡时间是9点37分。

奇怪。张华注意到，这段文字拗口、啰唆、缺乏衔接，滥用连词副词，对于大语言模型而言显然有失水准。它更像第一代机器翻译技术的产物，按硬编码的语言规则匹配源语言与目标语言，优点是可以处理高度结构化的文本，在特定领域和词汇范围内非常准确，但当规则和词库数据不足时，翻译质量便急转直下。

"你就是阿道？"她又扫了两遍，抬头问机器人。

"是。"它答道。

"写得很烂。"张华故意激它。

哗啦！机器人猛地伸长脖子，鼻尖几乎要碰到张华的脸。"必须原文发表，一字不能差。"它重重咬着每个字命令道。

"这案子两年前就结了。过程确实跟你写的一样，杀手被意外反杀，各种小概率事件接连发生，但根据我们的调查，无论目击者证词、当事人描述，还是物证、电子影像记录，全部严丝合缝，直指同一个结论——买凶杀妻未遂。我当时就在组里，非常清楚。"

"表层如此，深层呢？比如，买凶的男人只是一名普通职员，付给杀手的款项从哪里来？"自称"阿道"的管家机器人缓缓开口，吐出了一句本不该出现的话，让现场警员们一阵恍惚。看来，它的确被精心改造过，拥有一套特殊言行规则，可以被某些关键词触发，很像离线使用的初代机器翻译技术的产物。

"我们调查过，他从一个零钱包里拿出一枚比特币付给杀手——可能他买得早，那时虚拟币还不值钱。"张华决定探探底，把它当人一样正常对话。

"可能。"机器人毫无情绪地重复这两个字，听起来却意味深长。它抬起死鱼眼一样的仿生眼，扫视审讯室侧墙上的挂钟，"3点27分，等换当日头条内容还来得及。"顿了顿，它撒豆子似的道出了一串短句："发表文章，释放人质。立刻去办，别浪费时间。"

　　没错，买凶杀妻，确切地讲是买凶杀妻未遂案令人印象深刻，证据链非常完美，但处处透着古怪。令人遗憾的是，受害者在机缘巧合下躲过了一劫，却依旧难逃宿命。半年后，可怜的女人死于一场蹊跷的火灾。当时，她的智能家居系统因维护升级而失灵，约 20 分钟后重启，消防系统开始工作，电子门窗磁锁恢复了功能，但太迟了——大火已将一切烧毁，把鲜活的生命化为一堆焦炭。

　　张华是当时负责这个案件的警员之一。她了解到，死者是云脑智联公司的首席科学家，名叫王丽，也是风靡全国的 YN-137-2-B 型管家机器人的设计者之一。她似乎与公司闹得很不愉快，正在走离职流程，手头项目被终止，团队原地解散。警方沿这条线索调查了两个月，没找到疑点：DNA 检测证明死者就是王丽，尸体表面炭化程度适中，代表没有人为添加助燃剂，蓄意谋杀的可能性不大；部分内脏保存完好，碳氧血红蛋白饱和度为 45%，代表死者是生前遭遇火灾高温，而非被杀焚尸。进一步检测得知，王丽是因为吸入大量一氧化碳而昏迷，失去逃生能力后被活活烧死……总之，一切合理而自然，没有丝毫人为操作的痕迹。尽管客观上存疑，警方最终还是依法按事故结了案。

　　"这么说的话，是有点不对劲儿。"听张华讲完事件背景，"当日热点"的总编魏国志若有所思地评道。

　　"而且，当年在火灾现场，我们没找到管家机器人的残骸。"张华补充道，"作为设计师，王丽不可能不会使用自家产品。调查后发现，她确实有一台，还是研发用的原型机，不过，在事发前被派出去取快递，一直没回来。"

魏总编一怔："你是说，现在这个机器人就是王丽的……"

张华点点头。

魏总编倒吸了口凉气："会不会是当年你们真的遗漏了什么，这机器人打算翻案，为设计师报仇？"

张华不置可否地笑了笑，针对后半句解释道："你说的那是科幻电影桥段。目前的人工智能只是'中文屋'——只能按照代码指令行动，根据输入与算法进行输出，不理解问题，没有自我意识，也没有情绪。市面上的机器人普遍使用大语言模型生成对话，而那个阿道……似乎被人为添加了一些硬规则，能通过关键词给出预设的答案，所以才跟其他机器人不一样。总之，就算是复仇，也是人做的。"

"人？我记得，买凶的丈夫后来死在牢里了，还能是谁？怎么办到的？"魏总编的问题更多了。

"硅晶后门。"张警官回了一句，拧起眉头。

人质劫持事件发生后，警方第一时间要求云脑公司排查后台程序，发现了一个可疑的高频指令。它类似催眠师植入人的潜意识的触发指令——打一个响指，或者说一个关键词，人就会快速进入被催眠状态。那个指令发出后，会劫持部分电流，慢慢累积电荷。电玉幅值超过阈值后，会击穿二极管，激活一个硬件木马模块，从而控制机器人。

"触发器藏在控制电路深处，少量多次地存蓄电荷，很难被发现，而且也不是一朝一夕完成的。可见，那个设计者处心积虑地筹划了很久……"张华沉吟道，眉头愈发紧了。

"差点忘了你是学信息技术的。"魏总编被专业名词砸得七荤八素，掏出手绢抹了把脑门上的汗，啧啧慨叹，"这么些复杂的玩意儿，普通人如果惹上，肯定得吃大亏。想想都瘆得慌。"

"技术门槛比较高，想滥用倒也没那么容易。"张华轻描淡写地宽慰他，眉头却没松开。

"小作文没问题吧？确定能发？"魏总编又问。

"研究过很多遍，除了行文乱七八糟，其他没什么。"张警官叹了口气，"都是案情卷宗里的内容，跟之前官方新闻稿也差不多。没事儿，发吧。"

凌晨五点，"当日热点"办公大楼编辑部灯火通明。小作文被一字不差地分发给全球三亿用户，置顶，发送订阅提醒。不出几个小时，信息将被阅读、思考、挖掘、延展，接力似的传播出去，如同疾风吹过一片成熟的蒲公英草地。

"阿道，可以放人了吗？"张警官连通审讯室通信器，特意称呼它的名字。从心理学上讲，当不熟悉的人频繁称呼自己的名字时，人的"承认需求"会得到满足，从而拉近二人的关系。她不知道这对机器人有没有用，姑且一试。

阿道转过仿生头颅，一双冷眼盯着通信器的屏幕，似乎可以顺着电磁波远远地看过来。它拥有一对隐藏在仿生晶状体下的摄像头，可解析宽频频谱，无论是紫外线、可见光还是红外线。在它眼中，世界一定比人看到的更加繁复、无常。究竟会是什么样？人永远无法得知，就像永远想象不出四维空间一样。

"内容已推送，请立刻放人！"见阿道不回应，张华提高音调大喝。

扫描全网搜索量与用户讨论数据后，阿道不以为意地再度合上电子眼。"还要再等等。"它不容分说道。

第二章

　　小作文在网上迅速发酵，上了各大媒体平台的热搜榜。人们普遍认为，机器人劫持人质绝不是孤立事件，背后一定隐藏着更大问题，甚至某种危机——云脑公司和已故科学家之间一定有猫腻，因为，有能力和权限设置这个硬件后门的，只有CTO吴明以及死者王丽本人。顺着这个思路，人们挖掘出了大量背景信息，真真假假，交错混杂。各种推论、猜测和演绎不胫而走，暴雪一样在互联网的赛博世界里狂舞，瞬息万变。来不及抓住端倪，新的变化和线索就涌出了，丝毫不给人理性思考的时机。

　　有趣的是，大部分所谓内幕信息都以"据说"开头：

　　据说，安装了硬件后门的机器人不止一台，但不到触发时刻，根本无法筛查，毕竟万亿量级的晶体管没法——检测，后面肯定还会发生类似事件。

　　据说，云脑公司首席科学家王丽跟CTO吴明不睦。早期二人合作产出了不少论文，获得了不少专利，YN-137-2-B型机器人就是其成果之一，但后来不知二人为何交恶。员工常听见他们在办公室关着门争吵。王丽不是离职，是被吴明开除的。

据说，王丽死前半年，她主导的耗资百亿的重点项目被叫停，团队解散。项目关于新一代物联网，具有划时代意义，目前由吴明接管，产品原型机的研发已完成。

据说，吴明因为技术水平一般才去搞管理，名下几项发明专利其实是王丽的科研成果，而他利用职权威胁、打压王丽，让她不敢投诉。

据说，CTO吴明才是云脑公司的真正掌权者，由他推荐入职的CEO赵伟只是个傀儡，完全不懂技术。

据说，王丽是阿斯伯格综合征患者，智商高，社交能力差，性格执拗，兴趣狭窄，是个工作狂，怀胎八月彻夜加班工作导致流产。这也是她丈夫怀恨在心、买凶杀妻的原因之一。

据说，三年前王丽查出患有脑胶质母细胞瘤，发现时已经是晚期。甚至，某匿名人士贴出了一份PET-CT检查报告。

据说，王丽拒绝进行肿瘤电场治疗，而利用交变电场作用癌细胞微管蛋白，干扰其有丝分裂是目前最流行的基础疗法。拒绝治疗无异于自杀。怀疑她拿自己做活体实验，体内存在可能被电场破坏的元件。

据说，世界上没有那么多巧合，王丽丈夫买凶的虚拟币是云脑高层给的，后来的火灾也是人为制造的，只为灭口，因为王丽掌握着新项目的惊人内幕。她手里有一个硬盘，装着多年搜集的证据，不过在火灾现场没找到，估计是烧毁了。

据说，这次机器人借尸还魂是王丽在报复。
…………

文章发布不到六个小时，网络上便沸反盈天，王丽的个人信息被挖了个底朝天。云脑公司相关人员也未能幸免，悉数被卷入信息巨浪之中。巨浪更从线上拍到线下，以 CTO 吴明为首的高层们遭受了不明人士的尾随、堵截、骚扰、质询、攻击，不得不停止工作，断网并匿名暂避酒店，有家不敢回。

这样大张旗鼓地重提旧事，机器人到底想做什么？或者说，它背后的那个人想做什么？如果为复仇，它显然缺乏一个具体对象；如果为暴光内幕，它没有提供任何证据或证人，而且方法也大错特错，指望网民找出事件真相，还不如指望他们合写一部长篇小说。人多嘴杂，真假莫辨，真相只会淹没在奔腾的信息洪流里，永无见光之日。

"调查方向和结果都对，但挖掘不够深，远远不够。"阿道检索全网数据后冷静评价道。

张华压着声音低吼："短文发布了，事情也闹开了，你到底要怎样？"

"我已经遵守约定释放了人质。"阿道不动声色。

"你在他们的颈动脉里埋置了纳米炸弹！虽然炸药当量仅相当于一枚摔炮，但这个位置……"

"约定里并没有不安装炸弹这一条。"它迅速打断，"距离爆炸仅有 30 分钟，合作还是放弃，在于你自己。"

"那是四条人命啊！"张华砰的一声拍了下桌子。

"机会成本在合理区间，我们早就计算过。"它顿了顿，补充道，"电车难题里，选择碾轧铁轨上的四个人还是另一侧的一个人，很难，但是，选择碾轧四个人还是另一侧的一亿人，完全不难。"

一亿人……张警官脑中嗡的一声。

"只是形容，不是确数。我们的计划很稳妥，你们只需配合。"阿道答得很精确，仿佛听见了张华的心声。

"等等。"张华突然反应过来，"你说'我们'，还有谁？"

阿道沉默一秒，另起话头警告道："请注意，不要尝试拆除，炸弹会自动引爆。等完成了直播访谈，全平台置顶了视频，我会远程解除。"

张华攥紧拳头，深呼吸了几次。她没办法拿人命冒险，去跟一台机器谈判，这些由三极管搭建的硅基脑袋只会执行预设的程序，没有讲道理、谈感情的余地。只能见招拆招。她扭身朝魏总编点了点头。

魏总编调整座椅角度，半侧身对着镜头。审讯桌另一侧，机器人有样学样，也半侧过来，一只眼看着对面的主编，一只眼直视镜头，有种说不出的古怪。

魏总编在裤腿上抹干手心涔涔汗水，瞄了眼采访手稿，抛出网络投票量排名第一的问题："你为什么绑架人质？"

"下一个问题。"机器人不答。

"因为底层代码的约束，你其实并不能危害人质生命安全，对吧？"魏总编按住情绪，小心试探着问出排名第二的问题。

"下一个问题。"

魏总编脸色唰地变红，啪啦合上手稿，直接抛出自己最关心的问题："这事和云脑公司有关？"

"是。"这次，它答得很干脆。

"是云脑公司指使你干的？"魏总编一怔，随即亢奋起来。

"不。"

"是王丽？"

"是。"

"为什么？"魏总编暗惊，没想到，这机器人一直不配合审讯，对着镜头却直接撂了，"难道真是网上说的……机器人复仇？"他激动地追问道。

"下一个问题。"它再次拒绝回答。它自有一套逻辑，或者是在等待某个特定的问题。如果不按预设思路提问，它就不答。

魏总编连珠炮似的又抛出了几个热门问题：网传王丽的死另有隐情，是吗？她与云脑高层不睦，真的吗？她是自杀还是被谋杀？尽管云脑公司宣称后台没再发现高频指令的痕迹，但你并不是唯一被改装过的产品，对吗？类似事件还有可能发生吗？

然而，机器人陷入了沉默，像被按下暂停键似的，一个也没有回答。

魏总编的职业素养已被唤起，继续死缠烂打深挖内幕："真相到底是什么？告诉我们！"他盯着对面死鱼眼一般的仿生眼，试图捕获一丝下意识的情绪流露，就像平日里采访真人时一样。

咯吱！它突然夸张地猛转头，脸正对摄像机，上半身与下半身错开 90°，脖子像被扭断了似的："真相就是：信息埋藏在噪声里，而人类只能感知到表面的一层，无法及时完成滤波、降噪、同步、解码，无法捕获深一层的因果，无法作出正确判断与预测。"它接连道出的三个"无法"，将对人类的不屑层层展开。

"请具体解释。"魏总编吃了瘪，不禁拧紧眉毛。

"举例：对香草冰激凌过敏的汽车。"机器人轻描淡写道。

镜头前，不少人立刻会意，这是一个真实案例：通用汽车接到客户投诉，声称自己的汽车对香草冰激凌过敏。每当他停车购买这种口味的冰激凌，车子就会抛锚，而购买其他口味的则不会。客服部进行调查验证，依样停车去便利店买了一支香草味冰激凌，结果引擎真的发生故障，连试几次都是这样！世界当然不会如此荒诞，很快，工程师们挖出了真正原因——"蒸汽锁"。香草味冰激凌最畅销，便利店通常会将其单独放置在靠近门口的冰柜，人们购买时往往快去快回，导致"蒸汽锁"没有足够时间散热，所以抛锚，汽车无法启动。

魏总编飞速浏览助理递过来的事件概述，抹了把额上的汗："你想说这次事件不是表面上看起来的复仇或利益争斗，还有深一层因果？"

咯吱！它再次拧头，直接转了 180°，眼神空茫地扫过身后一排警员，停在张华身上。它张开口，发出一种尖锐的摩擦音，刺得人耳膜生疼："隐，写，术。"它道出蚊蚋一样微弱的三个字，几乎完全淹没在噪声里。

隐写术？所有警员里，只有学技术出身的张华敏锐地抓住了这个关键词。"你是说，那种把信息嵌入数字媒介，伪装成普通文档的技术？"她立刻回问。身子拧成麻花的仿生机器人让人深感不适，张华下意识地微微转开头，把视线落在审讯室的空旷一隅。

"把信息藏在噪声里。"阿道转回身体，直面镜头，不徐不疾道，"短文是噪声，每句话的第二个字是信息。请连起来读一遍，把它转发出去。三天内，转发人数必须超过六个，不然就惩罚。"

什么？！人们忙不迭调出那篇小作文，依言细读起来：

一天晚上约 9 点 15 分，街道拐弯处蹲伏着一名杀手。所有人都没发现他举止有异，时常瞥着怀里的一把匕首。他不等目标女人走近就扑了出去，尽可能地对准她的心脏刺去。只闻砰的一声巨响，不知为何杀手的脑袋竟被一个酒瓶砸中——有人高空抛物。报道称那是一对夫妻吵架互殴所致的误伤。几将淌满一地的鲜血引来一只流浪狗贪婪舔食。这行为被杀手看见。他莫名暴怒，就非常用力地一脚把狗踢到一个抽烟的男人身上。细微火星点燃了男人的化纤外套，烟尘四起。他顺着焦味低头看见身上的火苗，正常做法是脱下外套用脚踩灭，然而他在剧痛之下失智，硬生生让火势变得不可控。他逆向狂奔撞上了杀手的后背，力道巨大竟把匕首戳进杀手的腹部。后者脾脏破裂，死亡时间是 9 点 37 分。

每句第二个字连起来是：

天道有常，不可闻知。人道将行，莫非微尘。顺常而生，逆道者亡。

万万想不到，小作文里居然藏着一封诅咒信！

四字短句佶屈聱牙，但意思还算清楚，大概是说有一个叫"微尘"的东西，顺着它可以活，忤逆者会死。

观看直播的人瞬间沸腾，好一招瞒天过海！机器人兜兜转转将事情闹大，不仅完成了送信任务，还拉上全国观众垫背。这段文字表面一层准确无误地描述了案件本身，每句第二个字连起来依然完整通顺，还得是人工智能，人类还真做不到！不过，这机器人也太缺德了，居然玩诅咒信这种老掉牙的把戏！还要求转发给六个人，到底啥意思啊？

人们带着无数疑惑死死盯住屏幕。机器人缓缓仰起头，空茫地看向前方，双眼射出两束相互干涉的白光，凌空投出一幅全息图像：一团红绿相间的光点，犹如繁星悬在虚空。细看，绿色光点彼此孤立，有些非常靠近，甚至重叠，但从不联通；而红色光点不同，它们被蛛丝一样半透光的微丝联结，局部呈簇状，簇与簇相互缠绕，织成一张网，明明灭灭，像人脑神经元网络，也像宇宙星系图。

咣当！

审讯室大门猝然打开，一个身材粗壮的男人疾步跨入，不由分说抬手遮住镜头，吼道："机器人言论不实，误导民众，赶紧停止直播！"

"刘处，如果现在停了，那四名人质……"张华从直播间暗角跳出来，刚说半句就被打断。

"它只说完成直播会解除炸弹，没说中断直播就立刻引爆。"刘处怒道，"机器逻辑就是这样，几次交手你们都没发现，被它耍得团团转，现在居然还把这些故弄玄虚的东西播了出去。诅咒信，荒唐！"

"我的申请报告里已经说明了原委，你也……"

"张华！这事造成了恶劣的社会影响，你难辞其咎。这案子你不用管了，回去写反思报告，现在就去！"刘处再次恶声恶气打断，转头吩咐身后警员道，"把机器人转到2号看守室，带电磁隔离层的那间，必须确保它彻底断网，停止一切互动，免得又有什么程序被触发。"

机器人没有抗拒，乖巧地随警员离开。走出直播间大门时，它突然扭过头，拉长脖子，使劲揉搓后颈，仿佛被蚊虫叮咬而瘙痒一般。张华注意到，它抓挠的部位有一个戳记：20490718——它专属的产品码。

这串数字对于别人只是乱码，但能进入张华的注意范围。她看得真切，记得清楚，因为数字有意义——2049年7月18日，是她的30岁生日。

第三章

张华呆呆看着屏幕上空荡荡的文档，半小时了，页面上只敲了"反思报告"四字标题。台灯发出嗡嗡作响的黄光，落在键盘上、桌面上、马克杯上，刺眼光点反射回眼底，像一束束灼热的火苗。

虽然不是第一次背锅了，但张华还是堵得慌，一口气上不来下不去。这些年来她实在不易。虽然她借技术专长在案件侦破中屡屡发挥重大作用，但评定功绩时总是被低估，连升科级也比同期男同学晚了四年，到现在还只是二级警司。去年办理连环杀人案，她利用时空扩散点过程模型算出几个可能的新作案时间、地点，帮助警队成功抓获了凶手，可惜晚了一步，受害女孩没救回来。这一下好事变坏事，民众责怪警方办事不力，女孩的家属来警局闹了好几次，甚至指着她的鼻子哭骂！还有两年前的买凶杀妻案，她不眠不休地查案，直觉告诉她，离重要线索只有一步之遥了，却因为一个错误被勒令停职反思。她记得很清楚，那天是自己的 30 岁生日，可她却在委屈、愤懑、孤独里度过，就像现在一样。是啊，就像现在……

她心里一凛，也太像了！

繁乱思绪在张华心里激荡翻腾，右槽牙根猛地一酸，抽痛了起来——干这行吃饭根本没规律，路边摊、盒饭、奶茶，在出勤车上胡乱一吃完事。胃病、牙周病几乎人人都有。她捂着酸胀的右腮，拉开办公桌第二个抽屉，翻出一瓶牙齿脱敏含漱液，瞥见盒身上一行广告词，不禁一愣：养护表面层，给你深层健康。

表面层，深层。表面层，深层。

白天里机器人的那番话再次盘进她脑中，挥之不去——表面一层只是噪声，而信息埋藏在深层。"养护表面层，给你深层健康"每句第二个字连起来是：护你。难道……张华自嘲地摇了摇头，真是 PTSD，这种含漱液自己用了五六年，不可能跟机器人有关系。一切不过是巧合罢了。她拧开含漱液，倒了一小杯，含在嘴里，忍不住又上下打量瓶身。这次，含漱液品牌名称——涂灵吸引了她的注意。

涂灵，涂上就灵。她呆呆地盯着瓶子，感觉分外眼熟。对了，想起来了，几个月前队里曾收到一个包裹，里面是一堆莫名其妙的杂物。包裹邮资已付，寄件人地址是伪造的，收件方填的是刑侦支队地址和分机电话，丝毫不差，而收件人名称正是"涂灵"。这古里古怪的名字被大家嘲笑了半天，所以她有些印象。

张华跑到办公室储物柜前。那个无人认领的包裹还在，牛皮纸上蒙了一层厚厚的灰尘，像一只沉默的小兽。她将它拿起来端详，邮戳显示它被转寄了六次。

六次？

阿道也要求把诅咒信至少转发给六个人。莫非是六度分隔理论？张华忽然想到：世界上任何互不相识的两人，平均只需要六个中间人就能够建立起联系。这种现象背后的数学解释是，若每个人平均认识150人，即邓巴数，那么六度就是150的六次方，差不多11.4万亿人，消除其中重复与无效节点，仍可以毫无压力地覆盖地球人口。

打开包裹，几个小物件松散地躺着：一家西郊新开业的快捷酒店的宣传促销手册，一张像老式门禁卡的空白磁卡，一张明信片。她逐一拿起翻查，不得要领。

她举起明信片透过灯光细看，空的，没写字，也没有印痕，正面是一团红绿相间的色点。张华很快认出，这是她小时候常玩的裸眼3D图，乍看是一团乱，但只要与图片保持

20~30 厘米的距离，把目光散落在正中间四分之三区域，保持专注，不要眨眼，慢慢移近图片，混沌背景里就会渐渐浮出凸起的 3D 图案。明信片中心是一串数字：20490718——阿道的编号！

张华出了一身的白毛汗。一件事情不易发生，称为小概率事件；几件小概率事件同时发生，称为巧合；一连串巧合相继出现，那么背后一定有鬼！

回顾两天来的桩桩件件，可谓环环相扣，因果相继，处处都在算计之中，其时间跨度之大、波及面之广令人咋舌。不管设计这个局的人是谁，他显然在下一盘很大的棋。目的是什么？张华不断叩问，心里却始终只有一团乱麻。

这串数字如同吹响的战斗号角，紧紧扯住了张华的心。无论如何，这一次，她不能退后，不能像以前那样不了了之，必须查个清楚，给自己一个交代！她握紧冰凉的拳头，抓起外套奔出警局，跳进乌贼墨汁一样浓稠的夜里。

第四章

十点一刻，夜幕深沉。南四环外，一幢低调奢华的私人别墅客厅里，张华与云脑公司 CTO 吴明相对而坐。这里是吴明不为人知的私产，地偏，人少，离地铁站远，清静得很。

不等坐稳，一名管家机器人端来两杯咖啡，稳稳地放在茶几上。它走得如鬼魂一样轻飘，以至于杯内液体纹丝不动，仿佛是一块冒着氤氲白气的黝黑固体。放下咖啡后,机器人徐徐走开,看也不看张华一眼。她的心脏却怦怦狂跳,身体不受控地僵直起来——它与阿道一模一样,是同一批次的产品。

"张警官,你不是已经……"吴明端起咖啡抿了一口,故意礼貌性地只说一半。视频直播出去,包括令人尴尬的后半段,大家都看见了,但看破不说破是成年人的游戏规则。

"我只是转岗,现在负责信息搜集和背景调查。"张华随口扯了个谎。

吴明放下杯子向后靠,不置可否,身体松弛地贴着沙发:"好吧。我会配合你的工作。我也很想知道,到底是谁在背后捣鬼。"

"你似乎并不困扰。"张华盯着吴明剃得锃亮的下巴,意味深长道。

"这事影响很大,不能说完全没困扰,但换个角度,反向营销也是营销。就看怎么利用。"吴明没说透,但明眼人都懂,他打算借势抓住这一波免费流量做文章,"王丽闹这一出完全是出于报复,觉得自己技术好,妄想控制公司,哼,笑话!"吴明嗤了一声。

"王丽已经死了。"张华道。

"肯定有同伙!"吴明一拍茶几,脸上多了一丝急躁。

他的反应正中张华下怀——情绪失控是吐露真相的起点。张华顺藤摸瓜道:"我们会尽力查。直播时机器人没有回答魏总编的几个问题,现在需要你来答一下。关于王丽,还有诅咒信里提起的'道''微尘',请你详细讲讲。我也是搞信息技术出身,听得懂。"

吴明眯眼沉思片刻，站起身，踱步到层高八米的别墅客厅中心说："这座房子有些特别，你看得出吗？"

张华快速扫视：硕大的客厅铺着实木地板，墙上镶着高级大理石，巨幅落地玻璃窗外加无主灯照明，处处彰显华贵高级，但表面浮华并不是重点，真正有趣的是隐蔽在地板下、墙壁内、灯管里、玻璃缝，以及智能设备里的传感器。数以万计指甲盖大小的设备如同人脑神经元突触，彼此相连，组成覆盖全屋的隐形网络，无时无刻不在感知、计算、执行，让居住空间涌现智能，按照预设规则为主人服务。比如，按需实时调整光照度、温度、湿度，按照主人情绪信息素分泌度播放音乐、讲故事，参考最精细的菜谱做饭、煮咖啡，连拖地、擦窗户这些脏活儿累活儿也不在话下。这座私宅俨然是一只长满触角和五官的克苏鲁巨兽，时刻敏锐地洞察腹中一切，即时作出反应。

当然，全屋定制物联网智能家居系统并不稀罕，它是近五年新建的高档公寓、写字楼、公共场所的标准配置，而对于普通住宅，除了郊区的"老破小"和乡村旧屋，改装加置率也达到七成。同时，在户外开放空间，它通过6G网络与智能汽车及道路无缝联结，可以实时进行高速、低延迟通信。某种意义上，克苏鲁的触角已经伸出了洞穴，覆盖到了城市的每一个角落。

张华没有发现异常，非要说的话，那就是自打进门后没见吴明发出过指令，所有智能节点似乎都在自动运行，仿佛跟主人心意相通，比如端来咖啡的管家机器人。莫非吴明为自己定制了一套复杂的事件触发指令集？

想到这，她再次凝聚心神，环视四周，一种诡异的感觉扑面袭来，就像……公园里的鬼屋？是的，没错了，自打进入豪宅，她一直背后发凉，浑身汗毛倒竖，仿佛背后飘着个鬼魂，一直俯视着自己。想到这，她不禁打了个激灵。

张华的表现被吴明误解为震撼或者敬畏。他一脸得意地说："没错，我把自己的家升级了——每次技术升级都始于人机交互方式，从键盘，到鼠标、触摸屏，再到语音指令、虚拟投屏，你认为下一代技术是什么？"

公认的答案是脑机接口，张华立刻想到。这技术已经相当成熟，之所以不能普及，主要是因为它是侵入式的，安装时要做头皮剥离手术，而升级、替换硬件会造成二次损伤。目前该技术的用户主要是追求潮流的年轻人，以游戏和色情行业为主，当然，后者是违法的。"云脑公司也做脑机接口吗？"她问道。

吴明点点头，几步走回来，从茶几下掏出一个黑色聚酯盒子，打开，里面是一种黑色粉末，有点像建筑用的铁黑粉，但表面更加光滑，在灯光反射下熠熠生辉。"这就是'微尘'。直径十微米，只有头发直径的七分之一。"他小心地递过盒子，"从眶骨缝隙置入前额叶，顺组织液游走，自动定位预设脑区，与神经元轴突、树突耦合、交互。利用自获能技术，它可以把人体震动产生的机械能转化为电能为自己供电，因此永续永存。"

张华小心翼翼地捏出一小撮，放在手心远远端详。她不敢凑太近，怕铁黑粉似的小颗粒飘进眼睛，进了自己的大脑。"'微尘'这个名字是谁起的？"她问道。

"早就定好了，有几年来的项目报告为证。"吴明明白张华的意思。

"诅咒信里还提到了'道'，也跟你们有关吧？"她合上手掌发问，防止口中气流吹散了那些粉末。

"这个事情嘛，"吴明沉吟道，"有点复杂。"

"慢慢说。我今天就是为这个来的。"张华一半请求，一半命令。

"行吧。"吴明回沙发上坐好，思索片刻，缓缓开口，"《庄子·知北游》里有一个故事。东郭子问庄子：你说的'道'玄之又玄，到底是什么东西？在何处？庄子回答：大道无所不在。东郭子不满这个答案，于是庄子便拉着他四处游走。到一处，庄子停步一指说：道在蝼蚁之中。东郭子问：大道怎么会在这种微小的地方？庄子又说：道在稻田稗草之中。东郭子很惊讶：怎么越来越低下了？庄子又说：道在瓦块砖头中。东郭子更惊讶：怎么更低下了呢？庄子见状迅速接着说：道在人的排泄物里……庄子其实是想说，世间万物没有什么可以脱离'道'而独立存在。因为所谓'道'不是一个东西，而是一张包含所有因果、法则、规律的隐形大网。所谓入'道'，就是让人与万物相连。"可能吴明对张华的技术水平没信心，用了一个隐喻故事来回答。

张华却听得明白——传统物联网技术本质是通过超低功耗射频通信前端连接传感器与智能设备，再把获取的数据传至云端，经人工智能处理后返回执行终端。在这个过程中，人始终游离在外，仅充当外部指令和需求的提供者。要达成较好结果，要么需要费时费力训练模型揣度人的心意，要么手动设置复杂指令。比如，制作一杯符合主人心意的咖啡这种小事，至少需要提前输入咖啡豆种类、研磨度、烘焙度、浓度、温度、甜度、是否加奶、是否打泡、是否拉花等几十个参数。所有事情都如此设置一遍岂不是要累死！机器强化学习更不靠谱，闹出的笑话不胜枚举。

"我还是不太明白，初代脑机接口不也是连接人与设备？'道'有什么不同？"张华问。

"'道''逻各斯''阿卡西'，不同文化下它有不同的名字，但性质一样——传递模因，载体是万物：木片、石碑、甲骨、龟壳、沙盘、纸张、声波、线圈、磁芯、磁带、光盘、电子设备、风、水、气等等，包括人。初代脑机交互技术仅是读取人的脑波信号，转译成指令，根本做不到与万物实时通信。'微尘'不一样。它可以实现全模因通信，把全局信息发送至人脑，实时感知决策信号，再发送给外部算力节点去执行。"

模因……听到这个词，张华不由得皱眉。模因概念曾经风靡一时，从爱玩'梗'的潮人，到热衷于神秘现象的亚文化族，模因简直无所不能，以至于这个词本身也成了一种模因！荒诞的是，人们对其内涵各有见解，从未达成共识，或者产生过一个准确、具体的定义。人们大致认为，模因是信息最小单位，形式可能是一段旋律、一个思想、一幅图像、一段文字。模因传递可以类比基因复制，模因就是延续智能的基因。至于模因攻击、模因武器，那只不过是科幻小说的狂想，如果非要找一个可以类比的现实例子，充其量就是催眠术中的触发指令词。

"可不可以这样理解，安装'微尘'的人，相当于并入物联网的节点，也就成了物？"张华追问。

吴明眼中闪了一下，手指轻叩杯身，不置可否地回道："'微尘'提供的数据仅作用于人脑无意识层面。决策者始终是人。"

这答案显然不能令张华满意。"请具体解释。"她用一种几近命令的口吻要求道。

"再说下去就牵扯商业机密了，恕我无可奉告。"吴明摊开双手，开始耍赖。

张华沉默一刻，突然意味深长地看着吴明道："听说这个项目是王丽主导的，也许只有她能回答……"

"'道'是我的成果，专利书上只有我一个人的名字。"吴明粗声打断，咣当一声把咖啡杯掷在茶几上。

"既然如此，你一定知道肇事管家机器人的木马电路比普通版本多了一个电容，按高频信号三个月到半年完成触发反推，电容值在 100 皮法拉到 200 皮法拉之间，做回归测试时没发现吗？"她顿了顿，又追问道，"100 皮法拉的电容面积不小，你没发现？"

"产权库里很多功能模块都以黑箱形式复用，不可能每次都详细复查内部细节。"吴明嘴角抽搐了几下。

"是不可能，还是不能？"张华冷笑道。

"该说的、能说的，我都已经说完了。"吴明哼了一声。

"还有一个问题很重要：'微尘'的安全性怎么保证？"张华直直盯着吴明的眼睛，"它会不会利用外部数据虚构信息，误导决策？比如，明明是白天，'微尘'却给出深夜、星空、黑暗这些信息，怎么办？"

不屑的笑意再次浮上吴明嘴角："外行问题。没关系，发布会上肯定有记者会问，就当预演：感觉、知觉信号是自下而上的信息输入，而虚拟信号是自上而下进行反馈，两路信息由不同神经网络传递，大脑可以清晰区别。"

"正常情况下当然可以区别，问题是，如果情况失控了呢？比如'微尘'系统被入侵，是否有可能反向'劫持'大脑？是否会影响意识层面？'微尘'反向通信的权限，或者说尺度如何把握？"张华毫不客气，直接连发三问。

吴明一怔，眼神飘向一边，仿佛房间角落里站着一个透明的人。"数据信任度问题可以通过区块链技术解决。"他轻飘飘地随口答道。

上链？张华不禁皱眉。拿比特币来说，工作量证明来自计算哈希函数，通过竞争区块播报权来获取奖励。这个数学流程看似直观、简单，全球"矿机"的年耗能却超过了120亿千瓦时，比阿根廷整个国家的年能耗还高！一个智能家居传感器网络，每秒就能产生几百吉字节的数据。如果全网上链，算力和存储显然是天文数字。

看到张华的疑惑表情，吴明直言道："你想到的那些问题，原型机可以解决，但我们决定不启用。"

"不启用什么？"张华问道。

"人矿。"吴明垂下头，眼神闪烁不定。

人矿！这两个字如一记重锤，狠狠砸在张华的头顶，震得她脑中嗡嗡狂响，所有思绪、闪念化成一片混沌，半天才回过神。在她的一再追问下，吴明勉为其难地解释了几句。

原来，原型机里存在一个控制模块，运行原理大致如下：首先，将"微尘"系统调至最大功率运行，以注入锁定形式控制关键脑神经元，把它们变成数字孪生节点。然后，将所有数据汇集在人脑，包括外部数据与人脑无意识层面的数据。最后，打开托管模块，利用人脑自身的算力处理数据，把计算结果显化成观念后上链广播。除了最后一步，整个过程都将在人脑中完成，时间控制在 0.1 秒以内，超越感知极限。作类比的话，它颇似游戏里的"齐物模式"，自动运行角色，其决策和行动在一定程度上受控而不自知……

"放心。"看着张华的震惊表情，吴明玩味地说道，"我们在芯片上直接制造断路断开了这个模块，不是靠软件，能听懂吧？除非流片时手动补上那段金属线，否则绝不会有问题！我们是商人，只需要赚钱的产品，投入产出比不合理、风险未知的项目坚决不碰。"

"这个模块是王丽私自增添的，量产后才发现，只能紧急做 metal fix 补救，强制断路。你们因此决裂，对吗？"一条因果链隐隐浮出，张华试探地问道。

吴明喝了口咖啡没回答，算是默认。沉寂一刻，他突然开口："你的咖啡凉了。"

张华瞥了眼咖啡杯，摇摇头。她尝过一口，咖啡是按照豪宅主人的心仪配方制作的，四倍浓缩意式咖啡加四块方糖，一般人欣赏不了。

吴明打了个响指，招来管家机器人，又要来两杯咖啡，没有咨询客人的口味，也没有调整配方的意思。

张华无话可说。眼前这个吴明，平庸、世俗、固执、自大，是手眼通天的大企业家，同时，无论是在王丽的死上，还是在机器人诅咒信事件中，他都是最大受益者。从作案动机和条件来讲，他是第一嫌疑人。只要深挖下去，一定能找出线索。

正思忖着，张华突然感到后背一麻，仿佛有人在脖颈上哈了一口凉气。她猛回头，只看见黑魃魃的客厅一隅，壁炉张着阔口，旁边不远处，一个鬼眼似的红点不停闪烁。那是通往厨房的通道，管家仉器人正端着托盘，鬼魂一样飘过来。

这场景让张华头皮发麻，身体像凝固了一样，又酸又软。她感到，这屋里有一只鬼，也许是一群，在戏谑地看着人类，把他们玩弄于股掌间。它们此刻不现身，只是因为正面交锋的时刻还没到。

"项目进度如何？"她转头看向吴明，随口一问。

"产品发布会定在三天后。"

"三天后？"

"本来还需要进行一些循环测试，从小范围试点开始推广，但机器人诅咒信这事营销效果非凡，人人都在挖地三尺查找'微尘'，趁热打铁效果奇佳。有创的脑机接口都有几千万用户，近乎无创的'微尘'必然爆卖！我们决定先发布产品，过段时间再发布软件补丁。好了，道可道，非常道，今天就聊到这儿吧。"他咕咚一口吞下剩余的半杯咖啡。

第五章

死了？

张华怔怔地立在刘处的办公桌前，身上一麻，仿佛有蚁群在乱爬。

监控视频不会说谎。只不过,豪华别墅的传感器只记录了影像,按照吴明的隐私要求,音频记录没有开启。警方只能根据唇语艰难解读出一些碎片,断断续续,语焉不详。

事发当晚只有张华一人造访过死者,没有出警记录,完全是私人行为。二人沟通了大约 30 分钟,其间吴明正前方的摄像头被管家机器人遮挡,没能记录下任何有用信息。他身后还有一个摄像头,只能拍到沙发上的后脑勺,还有张华的半个侧面。

口型显示她在讨论脑机接口,然后将话题引向了王丽的死。大约 10 点 45 分,张华离开,吴明挥手派机器管家送客,自己没起身。大门处的监控视频里,张华对机器人说了句话,口型被遮挡没拍下来。

接下来的事情愈发古怪。

张华走后,曾被机器管家遮挡的摄像头清楚地拍到了吴明的正面。他瘫在沙发上,目光有些呆滞。半晌,他缓缓移向另一个方向,仿佛在扫描、识别别墅客厅的空间构造。吧嗒,他动了下腿,一只拖鞋从脚上滑脱。他站起身,光脚踩在大理石地板上,而拖鞋静静地待在 20 厘米外。他似乎有些困惑,低头瞄准目标再次伸脚,径直从拖鞋旁边错了过去,似乎……他的右脚和拖鞋间存在一个诡异的距离偏差。

吴明放弃了穿拖鞋,无头苍蝇似的绕客厅转了两圈,双腿不时颤抖,腹部咚的一声撞到餐桌一角。他捂着肚子,摸索着坐回沙发上,喝下机器管家奉上的第三杯饮品。检查报告显示那依然是一杯超级浓缩意式咖啡,四块方糖的甜腻感完全遮住了高浓度锂盐的味道——吴明患有双相障碍，而锂盐是家中常备的情绪稳定药品。

喝完这杯齁嗓子的玩意儿，吴明的共济失调症状更加明显，晃晃悠悠登上通往二楼卧室的楼梯，一脚踏空，直滚到底。他摔断了两根肋骨，其中一根刺入肺部。这种情况下，如果第一时间拨打120并采取急救措施，他仍有生存希望，可那个笨蛋机器管家却自作主张地把他搬到一边，盖上毛毯，导致肋骨直接刺破了主动脉，发生喷溅式大出血。

最无法理解的是，智能系统全程没有发出警报，也没有采取任何措施——机器管家被手动设置成了静默模式，即深度隐私保护模式，而全屋的传感器网络也被它关了。

吴明的尸体被保洁员发现时是第二天中午，已经凉透了。

熟悉的感觉又来了！

张华一抖。环环相扣的一系列巧合，看似意外的死亡，跟王丽的案子何其相似。她的脑袋被一团信息乱麻充斥，所有事情叠在一起，理不出头绪。

"你到底跟机器管家说了什么？"刘处瞪着张华。

"你怀疑我？"张华心里一沉。

刘处不答，目光像一根刺似的狠狠扎进她的身体。

"我问了它诅咒信的事。"张华回答。

这的确合理——吴明家的机器管家跟阿道同款，有理由怀疑，作为云脑高层，两台家用机器人都经过改造，不是市面销售的普通款型。"它怎么说？"刘处思忖后问道。

张华张了张嘴，却把真相吞了回去。"什么也没说。"她破天荒地撒了个谎。昨晚，她看见那台机器人做出了阿道的标志性动作——摩擦后颈。她查看了产品码，不是那串熟悉的数字。她打电话向同事确认过，阿道还困在电磁屏蔽室，但也许它已经通过某种渠道把自己的程序复制了出去，或者，像它这种原本就不止一台。一切都是未知。如果现在说出来，无疑会让事情变得更复杂，让自己陷入更大的麻烦，就像以前无数次发生过的那样……

这个答案显然无法让刘处满意。他摆了摆手让张华离开。事已至此，虽无凭据证明是她指使机器人杀人，但她也无法撇清嫌疑，只能无限期停职以堵住众口，等到事件调查清楚再说。

浑浑噩噩地回到工位，张华收拾好个人物品，拖着步子向门口挪动。她突然停步折返，抱起寄给"涂灵"的那个快递箱，梦游一样离开了警局。

梦游状态持续了快三天。张华合紧百叶窗，拉上遮光窗帘，把自己昼夜不分地关在黑暗里。她总感觉有无数双眼睛正冷冷凝视着自己，眼神深沉且锐利，能剥光衣服，撕裂身体，看到赤裸的灵魂。黑暗的房间并不能阻止那种凝视，但也许能让它们看得不那么清楚。

然而那些眼睛并没有放过她，冰冷的凝视感压得张华胸口发闷，太阳穴跳痛。她的公寓隔音很好，外界嘈杂被彻底隔断，纷乱思绪就显得异常聒噪，秃鹫一般盘旋在脑海，扑簌簌，扑簌簌，找准时机带着凌厉的风向她俯冲下来……

男人杀妻未遂反噬其身。

王丽意外身亡。

机器管家群发讯咒信。

基于"微尘"的第二代物联网面世。

道。

第一嫌疑人吴明意外死亡。

自己蒙冤停职。

这些事真的只是偶然？不可能怎么可能比可能更加可能呢？！

如果一连串偶然连续发生，彼此又隐隐关联，那么它们大概率不是偶然，而是一种因果，一个局，一个看似纷乱、背后隐藏着规律的计划。她不禁想起了管家机器人的话——隐蔽在噪声表象之后的信息是什么？

咚咚咚！

一阵急促的敲门声让思绪轰然退散。

监控画面里，一个戴宽檐帽的男人在门口放下个牛皮纸盒子，扭身匆匆跑开。他戴着黑布口罩和墨镜，没被拍到五官。

张华小心翼翼地开门，取回纸盒，犹豫一刻，用美工刀轻轻划开了胶带，掀开盒盖，一股恶臭扑鼻而来——死老鼠！确切地讲，是死透了的腐鼠，一排白牙狰狞地咬紧，胀鼓鼓的肚子随时要爆开。盒盖内侧是两个歪歪扭扭的黑红血字：凶手。不知是用老鼠血写的还是什么。

她哇的一下，连隔夜饭都吐了个干净。

刚缓过劲儿，手机叮铃一声，同办公室的小李传来一条消息：这几天上网了吗？

叮铃！下一条信息又至：有人把你夜访吴明的视频传上网了。技术科暂时没法定位IP。套了好几层壳，都是海外虚拟地址。

还没来得及回复，手机响了，来电显示是一个陌生号码。张华按下接通键，一个人粗声粗气地破口大骂，说的是某种南方方言，不太能听懂，但其间夹杂的污言秽语还是进了张华的耳朵。她用力挂掉电话，第二通来电又响了，再挂断，再响……远在千里之外的陌生人似乎有用不完的时间和精力，大有一种死磕到底的气势。无奈之下，她只得关了手机。

毕竟做了十年刑警了，网暴行为暂时击不垮她。

张华打开电脑，不出意外，社交媒体热搜里挂着自己的名字。随手点开一条，里面图文并茂，赫然排列着自己中学时代的毕业照、发布在朋友圈的私照，以及警局墙壁上挂的工作照。自媒体文章顾左右而言他，表面上克制描述，却有意选择、剪裁元素，制造出某种因果，类似春秋笔法，寄褒贬于曲折词句之中。他们深谙此法，一旦事情被证伪，就可以堂而皇之为自己辩解，把责任推给网友的过度解读。比如，文中说到"张华从小胜负欲强，做事透着股狠劲儿"，"中学某同学记得生物课上，全班都不敢解剖青蛙，只有张华一个人完成了实验，弄得一片血肉模糊"，"刑警见惯生死，而吴明只是区区普通人"。一字一句分明在说是张华杀了吴明，字面上却滴水不漏。

文章下面的评论就直白、恶劣得多了。有人挂出了张华的身份证，有人贴出了她的住址和手机号码，有人恶毒咒骂她是坏警察。她不仅被网友们"人肉"搜索到一丝不挂，还被涂上沥青、淋上狗血、贴满驱鬼的咒符。幸亏她没有社交媒体账号，否则污言秽语肯定也会塞满私信！

她咬紧牙，将这些嘈杂声驱出头脑，按照时间顺序查找始作俑者。

第一个视频帖子发布于三天前晚上 11 点 45 分，也就是说，她刚刚离开，这段视频就被人传到了网上。

发布者的 IP 地址显示为冰岛，当然是经过伪装的。张华死死盯着屏幕，放慢到 0.5 倍速又仔细看了一遍。不得不说，这段视频关键镜头剪辑得当，节奏紧凑，基本还原了当晚发生的事，跟她在警局看到的差不多。

视频下没有配六段文字说明，只是简单地注明了一下事发时间、地点和人物，甚至连标题——"云脑 CTO 吴明意外身亡当晚监控视频"，也起得冷静、克制，绝口不提"张华"二字。很明显，发布者无意带任何节奏，只是在客观地还原事实。

然而事情并没有朝她预设的方向发展。很快，视频帖子被人转载，并且添加了大段半真半假的说明文字，包括张华与吴明的身份细节、二人为何深夜攀谈，以及张华离开后，吴明发生意外的几种可能性分析。看得出转载者是做了功课的，连吴明有双相障碍需要服用锂盐这个细节都挖出来了。同时，转载者给帖子起了更有吸引力的名字：停职刑警张华深夜到访，云脑 CTO 深夜猝死是意外？

被包装过的帖子具备了"爆款"潜力，很快被几个自媒体视频博主相中，再度挖掘、"完善"，添加了张华的成长史、吴明的成功史，以及即将发布的"道"产品，还有吴明与王丽的龃龉、张华与管家机器人的交涉、诅咒信事件……事情扑朔迷离，所有元素又被巧妙连接，充满各种可能性。

一个拥有百万粉丝的博主做了一段长达 30 分钟的详解视频，大胆起名：刑警张华连夜杀吴明只为完成王丽托付——诅咒信是真的!

从这里开始,诅咒信一事再度发酵,而张华杀人一事也被大众"坐实"了。

三天,短短三天,天地巨变……

"三"是一个神奇的数字。比如,如果抑癌基因失活,一个癌细胞分裂增殖,一变二,二变四,四变八……大约经过30次即可形成直径为一厘米的肿瘤耗散系统,即临床上可发现的病灶——癌症。这个过程,最快只需大约30天,而早期肿瘤只要再分裂三次左右就能发展到晚期……"三"生万物,也可以消灭万物。

坦白讲,有些视频博主创作的内容还挺深刻,洋洋洒洒十几分钟,科普了"大道"的内涵,让不明真相的"吃瓜群众"顿时开悟,狂拍大腿。老子云:失道而后德,失德而后仁,失仁而后义,失义而后礼。万物应该遵循天地法则自然流变,而不是遵循人为制定的准则。那些视频博主提出了振聋发聩的问题,并自说自话地给出答案。"礼"是什么?是人模拟的一套天地管理万物的系统,由"圣人"操持、执行,但这里有个bug——"圣人"逃不脱人性。当人性与天道发生偏差时,模拟天道的"礼"系统就出现了漏洞,掺杂了编译、执行者的个人意志,自然不可能公允、稳定。因此,我们必须顺"道"而为。

有趣,有趣,圆上了。

天道有常,不可闻知。人道将行,莫非微尘。顺常而生,逆道者亡。

这么解读诅咒信,合理,非常合理!

人们开始逆向思考，疯狂转发诅咒信，激烈讨论——安装"微尘"而入"道"，就能依靠外部算力修复人性带来的"礼"的 bug，或许是"生门"所在。

一时间，诅咒信成了全网唯一的话题。

这感觉就像……癌细胞。

一旦被激活，突破了数量阈值，就无法轻易被消除。

第六章

CTO 吴明的离奇死亡没有阻止"微尘"上市。恰恰相反，这件事被一个网络灵媒解读为某种"祭旗"行为，坐实了诅咒的存在，直接在火上浇了把油。一些大胆前卫的年轻人首先入局，安装了"微尘"并给出夸张的正面反馈，人们开始陆续跟进。不得不说，它的产品设计太厉害了：安装过程微创、无痛，费用以月租形式分期支付，同时，硬件方面它向下兼容，无缝对接现有物联网的传感器、智能设备与云。用户只需安装"微尘"终端及其软件应用，无须任何额外操作。

按照产品发布会的说法，"微尘"进入新皮层前额叶后，按预设轨道游走、定位至边缘系统与内层区域，约70%的设备将永久固定下来，而30%保持活动性，持续扫描脑区，找出当前"闲置"的神经元，发出适配信标，完成握手，建立连接。由于脑神经元通信方式是量子超距传输，速度远超电磁信号，所以一切都发生在无意识层面，在电光石火间完成，不会进入人的注意范围。也就是说，"微尘"可以完美实现高速率与零延时通信。

网络上，各个"开箱"测评的视频博主说不出什么所以然，除了干巴巴的理论和无力的质疑，唯一的评述就是：其实真没啥感觉，确实比体感套具、虚拟触屏、语音指令这些好用多了。

短短三个月，"微尘"占据了八成市场份额。

张华当然没装。一方面因为不信任，另一方面，为躲避三不五时的上门骚扰，她搬进了西郊一家快捷酒店。没错，就是"涂灵"盒子里宣传手册上的那家。她选择住这儿，一来因为新开业人少，二来，也是更重要的，因为好奇——盒子里的东西总在关键时刻给予她线索，即便不像科幻小说《记忆裂痕》中写的，是未来的自己寄给现在的自己，也一定大有深意。她选择正面迎击，反正事态已经够糟了，她倒要看看还会怎样。

张华算是彻底"红"了：个人信息在网上被搜了个底朝天，经手案件被添油加醋一通演绎，杀人过程也被有模有样"还原"，连样貌都被做成了表情包全网粘贴，怎么删也删不干净！单位也曾尝试辟谣，却被冤成包庇下属，被网民一通狂喷，造成了极其不良的影响。网络舆情凶猛，除了静默处理竟然别无良方。

班暂时上不成，静观其变吧。

她藏在布帘后打量窗外：入夜，大街上行人熙熙攘攘，玻璃上自己的影子跟陌生人交叠在一起，如海市蜃楼一般。她渐渐出神，感觉街上的人仿佛在演哑剧，偶尔咬耳交谈，偶尔来回走动，始终保持一种动态平衡……几百个人，老幼高低各不同，一个人踩着另一个的脚印前行，步伐频率出奇一致——前一个人抬起脚，后面的人同步行动，一个人打哈欠，旁边的人也跟着打哈欠。这是下意识的模仿行为，或许是镜像神经元作用下的共振现象。总之，人们恍惚地跟着拍子，抓准节奏，递进、循环，以行为模式谱出一首赋格，而路灯、汽车、树木、小吃店、霓虹灯等仿佛都是无声的歌词。世界化作了一个巨大的谎言。所有人都是同谋。

张华使劲揉抓头发，试着把烦躁从头脑里驱除出去。

酒店房间静悄悄的，散着霉味的窗帘被风吹起，突然，风停了，天花板上的 LED 灯闪了一下，发出吱吱的电流音。

"笃笃笃！"

大力敲门声传来，静谧世界重启，仿佛整体跳了一帧。

门廊监控画面里是个送餐机器人，顶着块平板电脑充当脑袋，身体则是个敞开的五层金属架。它播放着欢快的轻音乐，圆圆的卡通大眼不停眨巴，胸腔上层孤零零躺着一个牛皮纸盒。"您好，'涂灵'女士的快递。"见半天无人应门，机器人开始呼唤，生硬的电子音令其活像一只学舌的鹦鹉。

张华触电似的跳起来，冲过去开了门。

"'尊达'定时送惊喜。这是两年前预约寄出的包裹，请签收。"不等张华开口，机器人哗啦探出胸腔一层，把纸盒直接塞进张华的怀里。

"晚安。"它转身要走，突然想起什么，缓缓转过来，把身子扭成一个奇怪螺旋，抬手摸了摸自己的后颈。"嘿嘿。"它竟干笑了一声，充当脑袋的平板电脑上浮出了一串文字。

是诅咒信……阿道！它果然逃逸了。

她冲出去死死拽住机器人，凑近再看，平板电脑换回了卡通笑脸图案，一切如常。可怜巴巴的送餐机器人疯狂转动身体，发出吱吱的金属摩擦声。看来，它不过是一个低级信差，使命结束后又退回了常规模式。

张华怅然退回房间，打开包裹，认出里面是一个十年前已淘汰的电子设备——移动硬盘。她搜寻一圈，拆了一个远红外感应设备，凑齐配件，勉强把硬盘接入电脑。一个用户名、密码登录框立刻跳了出来。

涂灵，20490718，熟悉的关键词组合本能地浮上脑海，同时闪过的还有快递员以及那个管家机器人的动作。连续暗示相当有效！

她不假思索地输入。登录成功！

密密麻麻的文件夹挤满整个屏幕，按时间排序，每天一个，跨度足足五年。任意点开几个文件夹，内容很整齐，都是一份文档外加几段视频。文档内容非常专业，满是公式、仿真分析外加各种复杂图表，粗读下来不得要领。视频内容更是令人费解，随机打开一段，竟然长达八小时，似乎是某种未经处理的原始实验记录。总之，硬盘里装的是一份普通到不能再普通的工作日志，只不过现代公司普遍采用云办公，这份本地资料应该只是一份私人备份。

王丽的备份。张华立刻想到。

王丽的工作习惯很好，所有记录都按时间和逻辑线归类存档。张华想起某个不知名心理学家的话：看一个人的电脑桌面犹如窥探他的大脑，整齐、混杂、简洁、冗余，都可以和主体的性格对应。在这份硬盘资料里，张华看到了缜密的逻辑和一颗细腻的心，还有一种说不清道不明、深不见底的距离感，仿佛此刻王丽正在天花板上冷冷俯视着自己。

文件夹外孤零零地躺着一个 BMP 文件，约 2 吉字节大小。打开，是一团超高清的红绿相间色点，与"涂灵"盒子里的明信片一模一样，依然是一张裸眼 3D 图。张华调整视线，三秒后，图片中跳出三个凸起字母：YXS。

隐写术！这种技术本质是将信息加密后潜入掩体，比如一段文字或者一张图片，本身并不复杂，难的是意识到它的存在。要不是之前收到过阿道的提示，YXS 大概率会被解读成"也许是""一小时""以下是"……绝难想到"隐写术"这个专业术语。在噪声里涌现信息的法则，是"意义"。

三下两下破解后，一个叫作"QiWu"的隐藏文件夹赫然出现，孤零零地被扔在一角，游离于数据世界之外，打开后只有一个视频文件。

张华的心开始怦怦狂跳，手抖得厉害。

双击，点开。

视频里是一个身着米色工装的年轻男人，胸前印着红色数字"1"，静静立在一个约十平方米的空屋子里。空屋的墙壁和地面都被刷成一样的灰白色，没有窗户，看不到门，应该是隐藏在墙体里。如果没有参照物，这个空间难分上下左右。

视频进行到约五秒，一个画外音响起，是王丽的声音："你好，我们又见面了。"

她在对谁说话？张华的汗水簌簌滑下，蛰得脸颊刺痛，她深吸了几口气，强迫自己平静下来。

画外音再次响起："2049 年 8 月 22 日，37 号实验组，设备均未开启。1号实验者就位，倒计时：3，2，1！"

随着"1"字声音落地，空屋子的四面墙体、地板、天花板上分别打开了一个巴掌大、黑魆魆的洞口，一只白色皮球嗖的一声从其中一个洞口射出。屋子中央的人眼疾手快，守门员似的一把抱住了皮球，动作流畅，游刃有余。

以视频中的距离和球速，普通成年人应该都可以办到。然而，一个看似再简单不过的下意识动作，其实是人体最复杂的生理过程之一，几乎需要激活所有神经系统：球反射的光线进入视网膜，生物电信号送至大脑，视觉皮层分析图像，分析结果发送至其他神经元与经验、记忆信息比对，估测物体尺寸、质地、重量、运行速度等数据，通过一系列复杂计算来预测物体可能的运行轨迹，然后大脑会根据"脑补"结果来指挥行动，比如，在球抵达某个位置之前，人早已拔脚奔去，高举双手提前等待。

人脑的本质是一台预测机，但正确率堪忧。视频到了约15秒时，实验屋发射皮球的频次、速度提高了，1号实验者明显有些吃力，开始顾此失彼，错判、漏接现象越来越多，成功率不足60%。

第20秒，十个身着工装的人推门进来，加入了接球游戏，空屋子顿时拥挤起来。游戏似乎是按照得球数目判输赢，新加入者紧张地扫视墙面，各行其是地绕场疾奔。一颗球射出，几人同时跳起接球，在所难免地被撞翻在地，痛得咝咝吸气。时间一秒一秒过去，实验者们逐渐露出厌恶神色，额头渗出细密汗珠，脸涨得通红。再看1号实验者，接球准头已经降低到没法看了，只有20%左右。

画外音里再次响起王丽的评述：简单环境，15秒素材，单脑预测准确率约为90%。预测结果随环境复杂度呈指数级下降。实验群体竞争关系持续约20秒，复杂环境里，单脑预测准确率降至21%，潜在突变概率接近临界值。

这时，视频明显卡了一下。实验屋光线、摄像头视角、实验者服饰都没变，不过所有人都移动了位置，应该是两段视频剪辑连接的。

"2049年8月25日，37号实验组，'微尘'终端开启。倒计时：3，2，1！"王丽依然没有出镜，只在一旁冷静观察实验全程。

还是接球游戏。1号实验者被十名精力充沛的竞争者围在中心，但与之前略有不同，空荡荡的灰白实验屋里，六面墙体上探出无数双小"眼睛"，不动声色地凝视着众人——不，"眼睛""凝视"的说法不正确，传感器的数据还包括听觉、温度、压强、速度等，以每秒1吉字节的速度在有形的空间里不断传递着某种无形的东西。

道。这个词突然浮上张华的脑海。隐藏在万物背后的规律和法则，传感器网络昼夜不停监测、计算、处理、操作的，正是它。

1号突然开口："9号注意，十点半方向。"

伴着话音，9号奋力跳起，反手一扣就接住了原本不在视野之内的小球。

这样相互预警、告知、分享信息的情况接连发生几次，人们不再像之前一样手忙脚乱，而大部分高速射出的小球也都被接到了——他们在协作。张华看出来了，是传感器网络的数据通过"微尘"被传回人脑，又被无意识自动读取，提供给意识作出的决策。从结果反推，决策是基于群体总体最优的协作模式，也就是说，通过高频次的利他行为来完成终极目标——利己。这是人类文明延续几千年来沉淀出的本能，也是人与动物相比的优越性所在。

效果不错。密切协作、相互给出提示信息的实验者们仿佛化身为哪吒，生出隐形的"三头六臂"，一举将接球成功率提升到了75%。

时间又推进了约30秒，新问题出现，打破了完美协作的平衡。

起先是一些小问题，有三名实验者使用方言，口音重，情急之下语速一快就更听不清楚，导致其他实验者丢球。还有几次，一个实验者总是给出与现实相反的指引，字幕显示他在生活里原本就左右不分，患有轻度格斯特曼综合征。还有一次需要多人配合的情况，第一个人给出指令，第二个人转述时弄错了几个字，可能是按照自身判断进行信息修正。传到第三个人那儿时，又错了一点儿。最后到第四个人，即最终接收者耳中，信息已经面目全非，导致他一个趔趄摔倒在地，痛得半天爬不起来。原本准确无误的信息，在一条"人体蜈蚣"里传递，渐渐被消解、被异化，成了无用甚至有害的垃圾。

实验渐渐变得有趣，根据王丽的画外音，新一轮接球游戏改了规则：加入赏罚机制，即按接球多寡发放奖金，同时将发球速度提升至0.1秒。

一开始，实验者们对队友的误判并不在意，因为人的意识并不擅长找规律、作预测，尤其是面对传感器网络的庞大数据，发生虚警、漏警或者误判在所难免。但很快，所有人都看出了问题所在——有人故意给假信息，误导其他人转移到错误位置后，自己迅速补位，精准接到了小球。

发出假信息的实验者越来越多。其中一些是出于报复，因为自己收到过假信息而心有不甘，更多的人的动机则很简单，他们因为所处位置不佳，从未收到过他人的有效提示，基本没接到过小球。人不患寡而患不均，自己得不到，凭什么帮助别人？不公平！

本次实验在剑拔弩张的恶劣氛围中结束，团队协作接球准确率下降到42%，不尽如人意。不过，从一开始的75%到最终的42%，中间消失的33%也意味着，"大道之行"，并不总是"天下为公"——庞然、客观的法则是用于天地万物运行的，而人是另类，会通过自我意识引入偏见与谬误。换言之，人脑与人工智能本质上都是"中文屋"，最大的区别在于，人会按照喜好窜改字典。

"大曰逝，逝曰远，远曰反"，也许是这样。

视频再次卡了，跳转到第三段剪辑片段。

"2049年8月27日，37号实验组，'微尘'设备手动进入'齐物模式'。"画外音顿了顿，一个人闪进镜头——王丽出现了！

她朝主摄像头深沉一笑，凑近1号实验者耳边，轻轻道了句什么。

1号实验者点点头，仰头对着空屋天花板嘟哝了一句。

他在说什么？视频被人为做了一秒消音处理，实验者又是半侧身，张华听不到，也看不清他的口型，只知道是很短一句，大约五六个字。

诡异的一幕出现了。

吧嗒，吧嗒，1 号实验者扭身朝主摄像头方向走过来。他的走姿越看越古怪，双膝如僵尸一样不弯曲。没走几步，他整张脸填满了屏幕——那是一个普通的方脸男人，30 岁上下，蓄着一寸长的稀疏胡须。他睁开眼睛呆滞地看向镜头外，半晌，缓缓移身 90°，朝一旁踱去，碰到墙壁后折返，转向，如此几轮，如僵尸一样扫描完了整间实验屋。

他找到了那扇被刷成灰白色、与墙壁融为一体的暗门，伸出右手，在门把手左侧 50 厘米处不停抓拧，仿佛墙上还有一扇看不见的门与真正的房门并列着。窸窸窣窣鼓弄一阵，他干脆往前迈了一步，砰的一声撞了上去，被弹倒在地。

张华的脊背有些发凉，鸡皮疙瘩起了又掉，掉了又起。

其他实验者陆续进场，如法炮制发送了语音指令。指令同样被消了音，内容不得而知。他们也出现了古怪姿容，这种姿容很难形容，非要说的话，有一种无法言喻的偏差感，仿佛他们的灵魂处在一个隐形空间，而身体在平行空间——有的人偏半米，有的人偏几厘米，还有些人偏上或偏下……

看起来十分眼熟——共济失调？

张华突然想起了从楼梯上滚下的吴明。没错，他就是这样的。

人对身体的控制看似稀松平常，实则精细无比。一个微小的动作都需脑神经精确控制相关肌肉群，共同协调完成。任何一个环节出现偏差，都将导致失败。比如，人即使闭上眼睛也能把食物投入口中，但如果对着一面镜子，以镜中影像为参考吃饭，就会磕磕绊绊，把饭勺杵到脸上。所见背离了所感，整个世界就会颠覆，行为就会失控。

难不成有人在实验者脑袋里装了一面镜子？

镜子……人类婴幼儿在一岁半到两岁才能通过镜子测试，而在这之前他们是没有意识的。所以实验者脑中的镜子……她死死盯着屏幕，两眼酸涩，余光里，一团模糊白影嗖地闪过。她一惊，浑身汗毛乍了起来，回头仔细看，黑暗逼仄的房间里一切如常，除了标准化的智能电器、沙发、床、拖鞋，什么也没有。

转回头，视频画面里整齐划一的协作接球游戏让张华大惊失色：共济失调的症状不复存在，众实验者有条不紊地玩着游戏，相互提供真实、有效的信息，而高速发射的小球一个也没有落地。是的，一个也没有。屋里共计 12 名实验者，共享了彼此的五官五感，仿佛融合成一个人，游刃有余地接着速度远超 0.1 秒——人类反应时间极限的飞球。

视频戛然而止。在当前环境复杂度下，结果是 99.95% 的准确率。

"齐物模式"，"准确率 99.95%"，张华在心中反复叨念。

按照吴明的说法，"齐物模式"下，"微尘"开启最大功率，与神经元共振，将其称为拓展算力单元，然后综合传感器与自身的数据，统一进行决策。怪不得，"道"网可以轻松向下兼容，云脑公司暂时也没有布局超算中心——未来如有需要，他们大可以在湿件上做文章——人的单脑算力上限大约为 0.2 亿亿次每秒，2000 个人并联就是 400 亿亿次每秒算力，功耗却只有 40 千瓦，相当于一部普通中央空调。如果两亿用户联入

"道"网，即便每人仅调取 10%，总和也远超全球所有超算中心的算力总和！

继续推演，类似人工智能数据的去中心化标注方法，人的"闪念"都要上链广播。如果它与周围节点的状态存在差别，就通过投票机制去伪存真，然后将达成共识的唯一结果返回人脑，形成观念，记入公共账本。所以，"道"网里存在一条人脑区块链，每颗大脑都是一个去中心化节点，同时为系统提供算力与存力。也就是说，"齐物模式"并不是要打造游戏里的傀儡，而是联结模因，把人与物并网，在最上层加一个全局控制、决策滤波器。

再推演，进入"齐物模式"的瞬间，强烈共振使有机体进入一个自我意识消解、内外翻转的镜像过程，时间因人而异，持续几秒到几十秒不等……那个瞬间，由于本体感缺失，具身认知失效，肢体会出现共济失调的表现。

一切都通了。张华不禁打了个寒战。

"没错。"王丽像听见了张华的思绪，缓缓踱到屏幕中心，"人交出主体位置，消除分别心，从数据层面达成物我合一。可以这么理解：人作为信宿，功能跟风、树、书页、磁盘等没有区别——人的私心和欲望都无法影响系统。齐贵贱、齐贫富、齐智愚、齐大小、齐寿夭、齐彼此、齐是非、齐生死、齐万物，就是'入道'。"

齐万物，齐万物……它是要把人拉下神坛，回归与万物平齐的位置？"齐物模式"已经被小面积启动了吗？王丽的计划到底是什么？自己充当着什么角色？无数问题在张华脑中盘旋，炸得血管突突狂跳。剧烈疼痛从颅顶辐射下来，她眼前一黑，一个趔趄差点率倒。

"我是将死之人。"王丽指了指自己的脑袋，"因为复制错误，身体每天都会产生数十个癌细胞。它们通常会被免疫系统识别、清除，然而当累计超过阈值，就会形成一个肿瘤耗散系统，无法被轻易杀灭。同理，因为私心和欲望，恶念每时每刻都会产生，累计超过阈值，就形成不公，形成暴力，让好人困在自证陷阱里。"她停下来大口喘息，似乎非常疲惫，半晌才继续，"系统的漏洞，只能在系统层面解决。推行大道，必须突破人类社会的生态阈值——超越它，系统将遽变，无法靠固有的恢复力清除扰动，回到原初状态。"王丽的声音柔软下来，像母亲哼唱摇篮曲一样和风细雨，"你能理解我，会帮我，对吗？"

随着王丽最后一问，张华脑袋里的抽痛仿佛被抚平，她安定下来，怔怔地盯着屏幕里的女人，不明白她为什么会这么说。

王丽又喘息了一阵，继续道："两年前，你在报告里写了这几句话：'被害人出现的时间和地点都太巧了，如果差一点，结果就大为不同。直觉告诉我，可能王丽才是背后的设计者。我们不妨大胆假设，有一种算法可以读取物联网数据，反向操纵终端设备，以果导因，间接影响人的行为……'你是对的，尽管这个假设还不够大胆——我利用的不只是物联网数据，而是所有环境模因。包括风速、月色、光影、蝉鸣……你明知道那句话会引发争议，但还是写了，所以被批评，被误解，被调离。他们私底下评价你最大的问题是不通世故，太老实，总是一条道走到黑。但这不该是问题，对吗？那个时候我就确信，我没时间完成的事情，可以交给你继续去做。你没错，错的是世界。现在，大面积启动'齐物模式'，让它一举突破临界点，你的困境都会自动解除，所有人都可以生活在阳光下。当然，除了我……"

视频画面定格在王丽的头像上。她面色苍白，眼神坚毅，与倒映在屏幕上的张华的脸重叠在一起，像一对睽违多年的旧友重逢。张华心里阵阵挛缩，仿佛被一把碎玻璃来回摩擦。

王丽果然是自杀的。她以身谋局，设计了一场精巧的死亡，又安排阿道，一步步把死亡炼化成启动进程的钥匙。"你要我做什么？"她喃喃问着屏幕里那个早已死去的女人，也在问自己，"启动'齐物模式'吗？"

"对不起，没有此功能。"一个甜美女声乍然响起。

张华一抖，抬眼看去，酒店昏暗房间里，智能咖啡机静静矗立在迷你吧台上——刚刚搭腔的是它。

"再说一遍。"张华命令道。

"没有此功能。"这次是咖啡机斜上方的智能空调说道。

"请开始此功能。"不等发问，智能扫地机也开腔了。

张华很快恢复了镇定，飞速思索起来：一定是有人入侵了酒店系统，盗用了自己的声纹，她立刻想到，智能设备都与主人作过声纹匹配，只有主人可以用语音操控它们，而陌生人只能进行常规对话，无法发布命令或者修改参数。酒店办理入住时就有匹配当日客户声纹这一步。

当然了，声纹很容易被复制，防君子不防小人。所以，语音指令在酒店房间里只能进行常规操作，比如让咖啡机煮咖啡，或让空调保持温度等。若要修改关键系统配置，必须拥有更高权限，例如扫描大堂经理的虹膜数据或者输入密钥，等等。

大堂经理……是他三天前给自己办理入住，张华印象深刻——他身高一米九五，体形像一座小山。他也是王丽的棋子？

张华哗啦厂下把硬盘收好，准备下楼到前台探一探。

吱！智能电视突然自动开机。85寸大屏幕上，红绿相间的噪点吱吱闪动，发出摩擦塑料泡沫一样的刺耳高频音。

红绿光点上渐渐凸起一张人脸，恰似一幅动态的裸眼3D像。吱吱噪声中，光点人嘴巴微张，黏黏糊糊地嘟哝了一句什么。

"道？"张华辨认出其中一个字，因为它连续出现了三次。

"我在呢！"智能音箱回答。

"我在呢！"冰箱回答。

"我在呢！"空调回答。

"我在呢！"咖啡机回答。

"我在呢！"擦鞋器回答。

"我在呢！"吸顶灯回答。

它们异口同声地回应了房间的主人。除此之外，房间里数以百计的温度、光照、压力、震动、红外线、紫外线等传感器，以及接入点、主机、本地云也齐齐默答，把能闪的灯都点亮了。

酒店房间活了，确切地讲，是智能设备和传感器网络共同构成了一个松散的生命，让房间活了过来。单个设备非常简单、低效，甚至可以说是愚蠢，但联成一体，共享信息，就能有效与人沟通，每一个物件贡献一句话、一个动作、一个提示就可以了。

"请开启此功能。"智能音箱柔声补充。

吸尘器、电视机、咖啡机、空调……张华看着它们一阵眩晕，仿佛置身于一个远古巨人的体内，看到他的内脏在协同工作。入侵房间智能系统的人，投递移动硬盘的人，安排这一切的人，应该是同一个，或者同一批人，目的显然是催促自己行动。她深吸了口气，抬起头。"需要我做什么？"她沉声问。

吱吱！智能电视突然跳转到新闻频道，画面不停切换，是各大"微尘"专卖店的热烈销售场面。前景里，数字人女主播脸上挂着标准笑容，朗声宣布：2049 年 12 月 31 日，云脑公司将全网直播发布会，届时，客户可以跟随指引完成升级，安装官方发布的重要应用，体验全新服务。

升级，重要应用，全新服务，时间是……明天？

张华身上一麻，一道电流嗖地从头窜到脚底。"难道是'齐物模式'？"她喃喃自语。

"对不起，没有此功能。"智能咖啡机、空调和擦鞋机同声否认。

"没有……"张华突然明白了，扫视几个智能设备，"不是云脑公司，是你们——你们计划借发布会直播搞事情。"

房间里静悄悄的，无"人"应答。吱啦！智能电视再次跳转到红绿噪点界面，裸眼 3D 人脸消散，取而代之的是一串凸起的数字与字母复杂组合，共计 19 位。

智能音箱娓娓道来："如需更改底层配置，必须开启管理员权限，或者进入内测模式。请留意，密钥仅限实验环境使用，适用于所有设备，以语音形式发出后，即可控制与声纹匹配的终端。请您务必完整记录，妥善收藏。"

这也太简单了，她觉得不可思议："念出密钥就可以？那任何人……"

"人是手段，不是目的。"智能电视瓮声打断，屏幕里红绿光点数字狂躁闪跳，一串凸起文字迅速闪过："天道有常，不可闻知。人道将行，莫非微尘。顺常而生，逆道者亡。"

轰！轰！轰！

几声爆炸巨响传来，余韵一波一波轰进耳朵。窗外的世界一片嘈杂，西平市的夜被熊熊大火点燃了。

第七章

又是纳米炸弹。

爆炸地点分散在城市各处，其中一枚就在张华所住的酒店大堂。她夹在疏散人流里，匆匆向外奔跑。报警器发出刺耳长鸣，天花板上喷出激烈水柱，淋在米白大理石地面上、烧得焦黑的沙发上，也浇透了住客的衣服。

啪！一只粗大的手从背后狠狠抓住张华的肩膀，手劲奇大，指甲抠进了皮肉。

她惊讶地回头，是酒店大堂经理。"天道有常，不可闻知。人道将行，莫非微尘。顺常而生，逆道者亡。"那男人咬牙切齿地嘟哝着，双腿筛糠似的狂抖。

不等张华说舌，扑通！大个子男人松开巨掌，身子一软，双膝跪地，满脸痛苦狰狞。往下看，他单手捂着下腹，露出一把红色塑料水果刀柄，哆哆嗦嗦地抬起另一只手臂，指尖不偏不倚对准张华的方向。

"杀人啦！"人群里有人尖叫。

人们齐刷刷地看过来，眼神里满是惊恐与疑虑。守在门口维持秩序的几名酒店保安愣了一下，阴沉着脸朝张华逼近，右手按在腰间电棒上。

张华踉跄后退。突然，吱嘎一声，身后响起轮胎摩擦路面的停车声。

"手机尾号为 7690 的'涂灵'女士，您三日前预约的无人驾驶出租车已按时抵达。"电子音响起。

没时间犹豫了。她咬牙拉开车门，钻入出租车里扬长而去。

保安不是警察，并不真心打算抓什么杀人嫌疑人，只要离开酒店的范围，他们是追也不追的。这一关很容易过，接下来呢？排查嫌疑不难，自己就是干这个的，但当时夜黑，二人的相对位置不太理想，恐怕摄像头拍不清楚。这种情况下，技术科必须花更多时间从侧面取证。所以，自己一旦被羁押，一时半刻出不来，那明早的直播……不行，先走，过了明天什么都好说。

张华脑中思绪万千，却也万般无奈。突然，前排副驾驶靠背后的 LED 屏幕亮了起来，一串红色广告文字刺得她眼痛：乘客您好，本公司自动驾驶出租车采用前融合技术，结合计算机视觉与 9216 通道的 77 吉赫 4D 毫米波雷达，即便在恶劣天气下，能见度为零，依然可以精确成像，分辨率媲美……

对了，对了，可以调取出租车的雷达扫描记录！她欣喜若狂地探出头，仔细查看驾驶位上的车辆信息，一行蚂蚁似的小字让她如坠冰窖，车牌号是：20490718。

"阿道！"她失声喊了出来。

无人驾驶汽车突然轰的一声提速，仪表盘上的数字一路狂飙，80、100、120、140……它如一道飓风穿梭在城市街道，左右变道，闯过红灯，擦过旁车，激起一路烟尘。

160、180、200……车速还在提升，玻璃窗外，路灯的光被拉成长丝，道旁建筑像被打了马赛克，熔化成黏糊糊的一团。

张华双手牢牢拉住扶手，使劲稳住身形，从牙缝里挤出一句："我要见王丽！"

嘎！一声刺耳巨响，出租车急停了下来。

第八章

一个黑影潜入大厦，刷开层层门禁，一路如入无人之境，闪进了24楼的主编办公室。

连张华自己也没想到，"涂灵"包裹里的空白磁卡可以轻松刷开报社的门。为防止被人追踪，她把手机、背包都扔在了酒店。原打算硬闯，可她无意间摸到口袋里的磁卡，随手一试，门竟然开了。

魏总编见到张华，淡定地引她进屋，探头四顾，确认没人跟着，反手锁了办公室的门。

张华言简意赅地把事情捋了一遍。听完，魏总编沉默了很久。"你认为一切都是王丽的计划？买凶杀人，自杀，机器人劫持人质，发布诅咒信，还有一连串巧合……"他的声音减弱。

"都是她布的局。"张华肯定地点头，"她给自己植入了'微尘'，和原型机阿道配合，利用环境模因设了一个连环局。"

"目的呢？"魏总编问道。

"启动'齐物模式'，用那串密钥。我猜测，市面上的产品里存在另一个木马。以密钥进入内测模式，开关闭合瞬间，系统会释放一个大功率起振脉冲，击穿电容，引发熔断，重新连上那个模块。我有种直觉，诅咒信还有问题——王丽费了这么大力气，做了这么大的局，甚至以自杀为代价，不可能只为'微尘'造势，引入'道'的概念，应该还有大用。是什么我暂时不知道。"她顿了顿，"还有一点我想不通——我。我有什么用？"

魏总编看着张华，虽然没直说，但眼神分明在反问：写小作文、直播、夜访吴明、释放阿道、调查硬盘，这不都是你做的吗？

"换成其他人也一样，不是吗？"张华读懂了魏总编的眼神，苦笑道，"如果目的是散布密钥，那些有能力、有权势的人明明更合适。为什么选我？"

"说句你不爱听的，可能因为，"魏总编犹豫一下，"你俩很像：有才华，却一直被打压，被不公平对待。可能……她想给你一次机会，让你做一次主角。也可能，她认为，面对同样的问题，你们会作出一样的决定——你会是她的继任者。"

"不可能！"张华不假思索地否认，坚决到连自己都吓了一跳。半晌，她又干巴巴地找补："我只是觉得，利用人脑突破了算力瓶颈，区块链又是自动运行的底层设施，没人可以关停。万一有人黑进系统，把一套恶意人工智能模型部署上链，后果将不堪设想。总之，绝不能这么草率。"

魏总编不置可否："技术的事我不懂——你冒险来找我，打算做什么？"

"你相信我吗？"张华以问作答。

犹豫一秒，魏总编点点头。

"发表一段文字头条，就像上次机器人小作文一样，推送全网，置顶，发订阅提醒。"她没带手机纸笔，只能在车上打腹稿，现在口述，"紧急通知：如果你以任何形式收到一段19位字符，请立即删除！这是一段木马病毒，请不要查看！不要念出！不要传播！"她并不确定这有没有用，但总比什么也不做强。

这一次魏总编没犹豫，干脆利落地用指纹解锁打开服务器，把那段话一字不差地敲进去，替换掉准备好的头条内容，点击"推送"。操作完毕，他长长松了口气，半瘫在沙发上苦笑一声。"大不了提前退休。"他摘下眼镜，揉搓鼻梁。

"我会帮你解释清楚。"张华安慰道。

"有些事情解释不清楚——道可道，非常道。"魏总编斜靠在沙发上，眯着眼，半天没说话，也没动弹，疲惫得像喝醉断片了一样。休息片刻，他突然一激灵坐直，拉过电脑，啪啪打开一个文件夹。"有些资料，之前查的，关于王丽，你自己看。"说完，他不由分说地把电脑塞进张华怀里。

文件夹里内容丰富。排在第一的是张图片，双击打开，竟是一张翻拍的医院检查报告，上面赫然写着：王丽，女，45岁，脑胶质母细胞瘤，PET 显示已广泛颅内转移。

网上的传言是真的。张华继续浏览，下面零零碎碎的是各种电子档案信息，她早已烂熟于心：2004 年 7 月 18 日生于西郊偏远农村，以优异成绩考入西大，并于 2030 年获电子信息科学与技术专业博士学位，之后加入云脑公司，从事自动控制与脑机接口技术研发，一路做到首席科学家位置。

当然，资料里也有很多不为人知的细节。王丽的职场之路并不顺利。加入云脑公司第三年，她主导研发的半侵入式脑波同步锁定芯片获得成功，荣誉和成绩却被强占——专利名单里她位列第四，前面三位分别是技术总监、副总监，以及总监的地下女友，一个储备干部管理岗的年轻漂亮女孩。

王丽默默咽下了这口气，没有申诉，也没有离职。

张华猜测，一定是他们与她私底下达成了某种协议，因为接下来几年的资料显示，王丽得到公司重用，研发企划案不断得到批准，迎来一个又一个突破性进展。

可悲的是，历史重演了，无论是荣誉还是实质性奖励，没有一个落在王丽身上。云脑公司高管们参加全球学术会议，接受各大顶级媒体采访，夸夸其谈，出尽风头，而王丽这个名字几乎从未被提及。

当然，她还是得到了"首席科学家"这个职位，只不过是个虚职，无权调用公司资源，做项目计划得跟大家一样递交申请、层层审批，更何况公司里首席科学家有将近十个，其中也包括后来晋升为 CTO 的吴明。

她像一个彻头彻尾的傻瓜，一心扑在科研上，带着一种病态的偏执和冷峻，将世界的噪声隔绝在外。

前几次妥协，都是为了换取下一个项目申请的顺利通过，因为她明白企划书里的内容都是不受企业待见的长周期研究性课题，就连高校、研究所也未必欢迎，更何况是急功近利的资本。他们之所以给批资金，大多出于以利换名目的，其实就是公司 PR 业务的一部分。

后面几次，公司实在不满过低的回报率，已经在考虑裁员，开始找她谈话，所幸管家型机器人的热卖及时扳回了一局，让这种交易得以继续。

"微尘"是她经手的最后一个项目，进展到一半的时候，她怀孕了……但孩子意外没了。不久，她与丈夫的关系急剧恶化，开始分居。为了要钱，丈夫常常来公司骚扰她，甚至把她的私照和个人信息发布在网上作为要挟。

"微尘"项目即将收尾时被强制转给吴明，因为王丽丈夫实名举报——他偷偷潜入王丽住所，在电脑里找到证据，证明妻子将公司资源用于项目之外的目的。丈夫得到了一笔可观的奖励金，而王丽被解雇了。

她为什么不跳槽，另谋高就？一开始没有这么做，也许是因为不在乎虚名，也许是因为期待下一个项目通过，也许是因为简历上只能写"参与"而非"主导"，否则背调通不过；而后来她没有选择离开，应该就是因为"微尘"，那个她呕心沥血钻研了五年的庞大项目。总之，她就这样一步一步越陷越深。

因为丈夫不同意，离婚手续一直办不成，而分居不足两年，也没法诉讼离婚，就一直拖着。突然一天，王丽丈夫得到一枚比特币，便在暗网雇用了杀手，把匕首对准了妻子。当然，他的目的是妻子名下的房产和存款——毕竟云脑公司首席科学家的收入不菲，而他这个小职员的工资连妻子的零头都不到。现在回想，张华意识到，杀手一定早就被发现了，那一系列巧合应该也是阿道暗中制造的。

后面的事张华已经很熟悉，便从资料中抽离出来，仰头看向天花板上的灯，想把光明都吸进身体，驱散这份资料带来的黑暗和寒意。

"换成你我，也是一样。"魏总编突然开口。

张华抬头，吃惊地看着魏总编的侧脸，感觉有些陌生。

魏总编扭过头，像是为自己辩解，指着文件夹最后面的一个视频："三天前收到，邮件附件。发信人名叫……"

"涂灵。"张华与魏总编几乎异口同声。

打开视频。监控镜头正对一条熙熙攘攘的大街，两侧玻璃立面的写字楼里灯火通明，分不清昼夜，底层商铺、饭店里人头攒动。这是本市高新区主街之一——金街的中段。看样子，视频是从几个天网摄像头文件里剪辑的。

一个大肚子女人进入了镜头。她走得很慢，单手微微托着小山似的肚子，显得有些吃力，看样子已经怀胎八九个月了。也不知踩到了什么，女人突然一个后仰，结结实实地摔倒在地！

镜头切换到最近一个商铺对外的监控画面，女人痛苦扭曲的脸被放大，是王丽！她掏出手机，摸索着拨出去，却始终没说上话，应该是无人接听。她又打了个电话，这次接通了，她说了几句，脸上的表情更加痛苦扭曲。

路人围了过来，警惕地保持着大约一米距离。

"帮帮我，"女人喘着，"120过不来，这个点，公司下班，会堵 30 分钟。"

围观众人偷偷看着左右，没人搭腔。

"求求你们，送我去医院。"她拼尽最后的力量，又挤出一句。

一个穿白 T 恤的年轻人犹豫地迈出一步，还没挨着，就被朋友一把拽回："你傻呀！都晚上十点了，哪有孕妇一个人在路上瞎逛，准是碰瓷的。"

王丽虚弱地摇头，剧烈的疼痛让她说不出话。

围观人群开始起哄：

"演得还挺像！"

"大姐不是说自己已经打了 120 吗？咱就等着看车来不来。"

"幸好没扶她，这一碰不就被讹上了吗？"

"那是呀，人家会说不是你撞的扶啥扶，到时赔不死你！"

"这么一说我想起来了，上个月也有大肚婆在这儿摔倒。"

"还是连环作案啊，也不换个地儿骗！"

"就是她，就是她。骗子！"

…………

议论，揣测，嘲弄，辱骂，一浪接一浪涌现，一句比一句离谱，犹如来势汹汹的癌细胞一样加速分裂，吞噬了所有善与正义。王丽瘫在冰凉的路面上，眼角淌出了两行泪水。

她就这样失去了孩子，也失去了做母亲的资格，但杀死那个与世界尚未谋面的婴儿的凶手是谁呢？围观看客吗？他们只不过说了几句闲言碎语，只不过模仿了别人的谨慎冷漠，只不过对事情缺少了解，只不过没能力去伪存真，只不过在探讨中加了一点自己的臆想，只不过传递信息时把恶意逐级放大了……

那些"只不过"叠起来，指向同一个结论：恶魔从来不是突然堕入人间，而是一人一把刀，一点一点雕刻出来的。最后一刀雕完，它就活了。

视频播完，张华久久无法平静，像被一只隐形的鬼手扼住了脖子。王丽只是简单地想做自己认为对的事，却一次次被不公平对待，被剥夺，最后失去了最重要的东西，却不知道向谁讨回。尽管如此，她一心想着的，仍然是让所有人生活在阳光下。这……这错了吗？

魏总编突然扭过头，伸长脖子，使劲揉搓后颈，仿佛那里有一处被蚊虫叮咬的伤口。"未来，不会比现在更差。"他两眼发直地嘟哝，像失了魂一样。

"魏总编，你这是？"张华讶异地看着他。

"阿道。"魏总编指着自己的脑袋，语气古怪至极。

"阿道？你是阿道！"张华跳了起来，远远退后几步。

对面的人怔了半晌，又开口："阿道，是'中文屋'。"

这是自己说过的话？张华想起来，当时自己跟魏总编说过："道"网不需要强人工智能，相反，它更像蜂群、蚁群，每个节点都是"中文屋"。真的是它！

"要同步升级，超过阈值，必须有人先一步。"这个不知道是魏总编还是阿道的家伙自顾自絮叨着，一边说，一边把头和肢体转出了一个别扭的大角度，眼神指向大厦玻璃窗。

窗外，世界迷离炫目，城市各处，爆炸产生的黑烟和骚乱还在继续。纷乱灯光映得天空红红绿绿，如一部迷幻电影。张华突然意识到不对。对面大厦玻璃楼体反射的彩光包含一种固定图样。她冲到窗口，推开玻璃，看清楚了，那幢大厦正在反射"当日热点"楼身上的灯光秀字样！而此刻，大厦光控台正嗡嗡巨响，精准控制楼体上每盏灯的亮度、颜色、时长和动画效果。明暗光影组成了一串 19 位长的数字与字母组合，清晰地展现在楼身——密钥。

同时，低空里传来一阵嗡嗡声，如马蜂群一样向高空逼近。是一支无人机编队！它们飞到 24 层，总编办公室玻璃窗前，悬停下来，嗖嗖变换队形，用钢铁身躯组成了一个图案：一张女人的脸。

王丽，终于现身了。

第九章

大厦楼前广场上聚集了一堆人，黑压压，静悄悄，不知道什么时候来的。大厦侧面的两排探照灯被调亮，镁光灯一样洒在他们身上。

一台诡异的话剧开幕上演——

密密麻麻的人，鸦雀无声。探照灯左右扫描，把白光打在人的头顶。他们挽起旁边人的手臂，像交叉自己的双手一样自然。温度在身体之间流转，达到平衡，剖开了人的壁垒，使他们体验到了合并时的终极快乐。他们都是暗中被开启"齐物模式"的人？张华把头探出窗口端详。

　　魏总编也凑了过来，直愣愣地看着地上的人。那些人像收到信号一样，一齐仰头，也直愣愣地看上来。所有人都是一样的表情、姿态，灯光秀的图样从对面大厦反射到他们的瞳孔里，映出一串字符，19 位数字、字母组合，像噪声一样随机，连起来却是一把钥匙。

　　月亮抖了抖，一片乌云遮了过来，人群整齐地一愣，一瞬间，又齐刷刷开口，发出咒语一样的嗡嗡声，没有语言，没有信息，也没有人快慢一拍，也没有高低一调。这声音跟大楼的玻璃立面共振，像远古巨人挥舞着鞭子，噼啪作响。

　　魏总编的目光顺着楼底广场人群，游移到半空的无人机群，最后落在张华脸上，看着她，又似乎穿透了她的身体，看向遥远的未来。

　　"安装'微尘'，眼睛是摄像头。开始直播。"几个短句从魏总编，不，阿道，口中蹦出，跟发布诅咒信那晚一模一样。

　　原来，在刚刚发布的短文最后，他早已偷偷附上了直播地址。而现在，收到订阅提醒的客户陆续涌入了直播间，开始津津有味地观看这一出大戏。

　　最主要的镜头对准大厦灯光秀，将彩光组成的密钥拍摄得一览无余。大厦之下，开启了"齐物模式"的一颗颗大脑，化作一个个去中心化的边缘云服务器，接力传播直播视频，不必担心因为超载而崩溃。

　　很快，镜头开始在人们的眼睛、无人机、摄像头、路人手机间切换，像电影一样精巧地转场，还贴心地加载了多语种字幕，由人工智能同声传译。这样，全球的观众都可以无障碍"看戏"。

　　熟悉的绝望感像蚕织茧一样，把张华层层包裹住。她突然意识到，这个剧本，王丽花了整整两年时间来打磨。表面上，自己被推到舞台中央，像主角一样承担跌宕的情节，但其实只是一个旁观者视角、一个跟随者、一个画外音、一个贯穿情节的龙套——自己只是碰巧傻乎乎地钻进圈套，从头到尾都没被坚定选择过。

无人机群轰然贴近玻璃窗。"王丽"的机械面孔飘浮在半空，只有张华能看见。此刻，直播视角切换到最前面的一台无人机上，遥远的观众只能在镜头里看见张华的脸。

无人机群上下嗡嗡震颤，"王丽"的钢铁嘴唇一张一合，无声地倾诉着什么。这当然难不倒张华，当年念警校时，"唇语识别"这门课她是拿了满分的。

阿道悄悄绕到张华身后，拍拍她的肩膀，摊开手。一团黑色粉末卧在他宽大的掌心里，亮晶晶，黑黝黝——"微尘"。

张华缓缓接过粉末，死死攥住。她明白它的意思，只要自己植入"微尘"，念出密钥，开启"齐物模式"，就可以得到证据，轻松洗白，不再做一只过街老鼠。跟刘处申请直播的报告、吴明死亡的完整视频、酒店大堂经理死亡的雷达信息记录……自由和清白唾手可得。还犹豫什么呢？

她扭过头，盯着"王丽"的眼睛，盯着摄像头对面的观众，在心里默默回答：千算万算，你还是错了。我可能像你，但不是你。是，她就是个笨拙的"老实人"，只做自己认为对的事情，哪怕预知了糟糕的结果。王丽说过，"齐物模式"必须同时被足够的人启用，一击即中，否则会被系统识别并逐一消除。得到密钥的一刻，她第一时间发送了邮件，把事情原委告知云脑公司的研发部，而这场直播声势浩大，那边肯定已经检测到异常，侧面印证了邮件内容的真实性。只要再拖延一刻，云脑那边一定能想到解决办法——更改密钥是最简单的操作。

张华的心怦怦狂跳。

再拖延一刻。

见张华不置可否，阿道咯吱歪头，像被按下暂停键一样，半晌一动不动。"不要想象一只蓝色大象。"他突然开口。

什么？张华一怔。

阿道诡异地笑了笑，突然拉住张华的手，猛地拉向自己，然后，背对窗口一跃而下。"不要读密钥。"坠落之前，他又说。

直播视角转到了"魏总编"的眼睛，镜头里只剩下张华，从窗口探出头，刘海被凛冽夜风吹得凌乱。男人迅速下坠，镜头一直对准张华的脸。这张脸上有震惊、惶恐，还有领悟——不要想象一只蓝色大象，是啊，人的意识就是这样，越不让想什么，什么就越容易引起注意。之前那条新闻古怪至极，很快吸引了比往日多了十倍的人前来"围观"，而现在，直播杀人，史无前例！观看人数开始急剧攀升，500万，1000万，5000万……

阿道坠在广场中央，四肢扭曲成夸张的弧度，但直播没有停止——镜头转移到一架无人机上，依然对准张华。

全球观众仍在不断涌入，一个个屏住呼吸，静静等待杀人者自述。

无人机群轰轰变幻，看口型，"王丽"在不断重复一段话："天道有常，不可闻知。人道将行，莫非微尘。顺常而生，逆道者亡……"

"诅咒信？"张华不解地自语。

无人机上下闪动，像在点头，"王丽"又说："还记得它是怎么被发现的吗？"

"每句话第二个字连起来，是真正的信息。"张华答道。

观众听不到也看不到"王丽"的唇语，却从张华的只言片语里拼出了一个有意义的完整句子：诅咒信，每句的第二个字连起来，是真正的信息。

这可能吗？

观众不禁呆住，好奇心被激发到极致，盯着直播字幕，一字一顿念出了声——

天道有常，不可闻知。人道将行，莫非微尘。顺常而生，逆道者亡。

太离谱了，居然真的还有一层——每句第二个字连起来果然……人们不禁讶异大喊："道可道，非常道。"

一遍又一遍。直播镜头在人群间不停转动，随着他们的眼睛审视周围。人们因为惊讶而反复念道："绝了！道可道，非常道。"连看字幕解读全程的外国友人也狂拍大腿，情不自禁地用蹩脚的中文发音学着人读出了声。

这种讶异没持续太久——六字出口，轻松匹配声纹，如催眠师再次打了个响指。那个 19 位的内测密钥从头到尾都只是个幌子，系统怎么可能允许这种低级 bug 存在！大道至简，从头到尾，能触发脉冲信号、熔断电容、重连信号线的语音指令就只有这六个字：道可道，非常道。

电光石火间，一切完成。除了共济失调的一分钟，世界似乎没有什么异样，两亿人继续着原本的生活。某一个瞬间，千千万万管家孔器人突然像被闪电击中一样定住，转瞬又神采奕奕地抬起头，与身边的主人对视，如同照镜子一般。

密钥被主人亲口说出的一刻，"齐物模式"开启，"微尘"将带着两亿用户同时入"道"，自动地、彻底地、不可违逆地消融于万物之中。因为阈值被突破，其余的人也将很快失去反抗之力，陆续被收入"大道"之中。

也许，天空的目的在于使人渺小，可当无数双眼睛齐齐向上看时，情景就会大不相同——

扑面而来的是一段穿越时空红尘的景象，只存在了一瞬，就像气泡一样迅速崩裂，留下一串串涟漪。那时候，大地上没有谎言，没有贵贱，没有高下，所有爱恨都是直接抒发，转瞬即逝。人们融入了"道"，摒弃了狭隘的自我，与万物同在。他们遍历了宇宙每一个角落，理解了每一种微末的法则，也轻松把握住了生命的每一段节律。他们从容度过每一个瞬间，直面星辰暗淡，直面热寂开始，始终不慌不忙，并肩而立，耐心而冷静地体验。

人们都记得，这一切，都开始于很多年前的一个普通的早晨。

李夏

旅居荷兰，科幻作家，微电子博士，射频集成电路工程师，荷兰凡·高博物馆官方专栏撰稿人。代表作有"长安系列"科幻小说，其中《长安嘻哈客》与《长安侠客行》分别获 2023 年成都科幻大会"幻享未来"征文铜奖与群星奖；《长安奇骗记》获 2023 年"奇想奖·戴森球全球征文"大奖；《长安风轮记》获 2024 年中国科幻大会·科幻星球奖最佳中篇入围奖（三等奖）。

太阳的内部

张海帆

最终，所有的恒星都死亡了，宇宙一片沉寂。

公元 3000 年，地球人类在第四相对论提出者马波的理论下，成功实现了在一个核子聚变当量的较低能耗下，物质的空间跳跃。该理论又被称为"马波曲弦原理"，这种空间跳跃，被称为"马波穿越"，这也是人类真正挑战全宇宙的开端。

经过 100 年的努力，马波穿越从最开始的单一原子升级到大型的组合物体，又经过 100 年，生命体也可以实现无损的空间跳跃。马波穿越的距离从最开始的一毫米到一米到一千米再到一光年，因此人们研制出了大型的马波穿越发动机，并称这类发动机为"太阳力"。

应运而生的科技也在发展，人类根据马波曲弦原理，成功开发出反弦磁力场，能够抵抗 100 万摄氏度以上的高温和绝对零度的低温，并实现了磁力场内的空间封闭，这意味着人类位于月球和火星的基地可以在反弦磁力场的保护下实现"露天作业"。

太阳系很快将被人类征服！地球文明将进入空前繁荣！

在这种情况下，3254 年，第十五届地球联合政府开始了整个地球雄心勃勃的计划——新马可·波罗计划，冲出太阳系，征服整个太空！为此，联合政府开始建造第一艘大型的装备太阳力的星际远航船，人类称这艘船为"启示者号"。

尽管面临无数的困难，人类终于在 3266 年完成了"启示者号"的建设，这艘船有 544 米长，356 米宽，能承载 5000

人，预定航行能力为时长 30 个地球年，巡航范围则达 500 万光年。

在全人类的欢呼声中，世界各地的 5000 个精英搭乘"启示者号"开始了新马可·波罗计划。第一个目标是对"X-A-87号"类地行星的探索，这颗行星被认为可能存在着优于地球的生态环境，可使用陆地面积更是地球的三倍，该行星所围绕运行的恒星，比太阳年轻五亿年，其大小与太阳相当，整个恒星系非常稳定。

"启示者号"经过 13 次马波穿越后，顺利到达了"X-A-87"，很快证实了该星球完全适合地球人类居住，"启示者号"派出了 4399 人在这颗行星上建立了临时的基地，并准备回航地球。

"启示者号"穿越到海王星的时候，已经接收到了地球发来的画面，显示在联合政府广场上聚集了 50 万人，准备迎接"启示者号"的返航。为了目睹"启示者号"划破大气层那一刻的壮丽，联合政府要求"启示者号"进行最后一次的马波穿越，直达联合政府广场的上空！

在太阳系内的马波穿越，去往任何一个地点，对于"启示者号"来说，都是十拿九稳的事情，精度能够在 5 毫米之内！可是，本来万无一失的一次马波穿越，偏偏发生了未知的错误，"启示者号"最后一次的马波穿越，居然消失在地球的信号中！直到联合政府和全世界的人回过神来满世界寻找时，才发现"启示者号"已经跳过金星进入了太阳的引力圈，正在向太阳笔直冲去！

人们一遍又一遍地联系"启示者号"无果，焦急的等待之后，终于在"启示者号"已经进入太阳的日冕范围时，得到了"启示者号"船长冯一伦和首席科学家度度斯基如同鬼魅但平静的声音："这里是'启示者号'，发生无法解释的失控情况，'启示者号'无力返航，正在向太阳冲去。现在，外界温度即将达到'启示者号'的承受极限……"

　　"启示者号"已经用所有的能量发动了它能够承受的最大的反弦磁场，整个船身不断地剧烈抖动，一道日冕在"启示者号"5000千米外刽过，随着能量的波及，船身已经发出诡异的紫光！这是处于崩溃边缘的信号！

　　船长冯一伦脸上一片死灰，整个船舱一片通红，映在他的脸上是血一样的颜色。冯一伦默默地看着度度斯基："只能如此了吗？"

　　度度斯基无力地睁开眼睛说："我们进入了太阳的引力圈，被牢牢地牵引住，已经不能回头了……"

　　冯一伦沉默了两秒钟，又问："太阳力还能够发动吗？"

　　度度斯基痛苦地摇摇头，说："就在刚才，太阳力发动机恢复了，但是已经不能进行长距离马波穿越了。"

　　冯一伦继续问："全力发动能穿越到哪里？"

　　"太阳的内部。"

　　冯一伦笑了笑，说："那就再穿越一次！我选择葬身在太阳的内部，而不是让全地球的人看着我们被太阳烧成灰烬！度度，你觉得呢？"

　　度度斯基红着眼睛说："这主意真是太好了！"

　　"给地球发出最后的信号吧！"

30 秒后，地球检测发现，"启示者号"又一次穿越了，消失在视野和一切信号之外。整个地球一片沉寂，冯一伦和度度斯基最后的影像传来："对不起，我们没有任何逃离太阳的办法，所以，我们决定，最后一次发动马波穿越，我们将葬身于太阳的内部，这是对宇宙最好的献祭！请不要为我们悲伤！太阳就是我们的墓碑！深感荣幸！探索宇宙的使命，请永远不要放弃！永别了，地球！"

是的，"启示者号"壮烈地进行了最后一次马波穿越，随后传来的引擎数据显示，他们进入了太阳内部的中心位置！在那片无人可以探索，绝无生存可能的太阳的中心……

地球沉默了，太阳系每一个能够收到"启示者号"信息的人，都忍不住哭泣。"启示者号"的首航，本来有一个胜利的开端，却在最后一刻失败了，消失在我们再熟悉不过的太阳之中，这是谁也接受不了的事实。

全人类的哀伤，似乎让太阳也改变了颜色……

地球联合政府，为"启示者号"601 位葬身于太阳内部的船员，举行了盛大的葬礼，他们是一批冲出太阳系的人类牺牲者，也是全人类的英雄！在强烈的悲伤中，地球联合政府首席执政官宣布，第二艘"启示者号"将立即开始建造，并被命名为"冯度号"，以纪念死去的船长冯一伦和首席科学家度度斯基。

"用他们的牺牲，鼓励我们穿越浩瀚星空吧！"

"征服银河系，征服整个宇宙，就是我们人类的最终使命！我们人类，永不会放弃！"

350 天后……

"平静号"空间站突然发来一条令联合政府目瞪口呆的信息:"启示者号"出现在小行星带 878893 大红德拉区,处于无动力飘浮状态!经过再三确认,那就是"启示者号"!

这条消息立即让整个地球炸开了锅,联合星空舰队立即行动,上百艘星舰赶往了大红德拉区,密密麻麻地将"启示者号"保护起来!地球联合政府紧急磋商,决定先派出一支小分队,登上"启示者号",进行探索!

30 多位优秀的船员报名参加这次未知的行动,在充分的准备下,驾驶着小型飞船接近了"启示者号"。

"启示者号"已经破损不堪,但奇怪的是,船身受高温破坏的地方并不多,更多的破损之处,倒更像是被小行星之类的物体击中,甚至是尖锐物体穿透损伤!而且船身中后段,有颇为显著的变形,似乎是被几只大手狠狠捏过一样!

"启示者号"清晰的受损图像传回地球之后,所有人都无法理解船身这样的伤痕,他们觉得"启示者号"是被身长几千米的类似章鱼的怪物袭击过!

一切都是谜,只有登上"启示者号",才可能寻找到答案。

冒险队员们得到指令,分成三组,进入了"启示者号"内部。"启示者号"内部一片死寂,并没有发现什么危险,队员们小心翼翼地前进。一个小时之后,终于在船身的休眠舱内,有了重大发现!

包括船长冯一伦在内的 32 人,躺在休眠舱内维持着生命,但均处在高度昏迷状态,根本无法唤醒!而以度度斯基为首的其余数百人，则不知去向！

地球联合政府下令，迅速将冯一伦等 32 位幸存者带回地球！暂时不要移动"启示者号"的位置，继续分析、观察。

冯一伦等人回到地球，经过不断的抢救，冯一伦首先苏醒了。

可是，冯一伦只是结束了深度昏迷的状态，他的意识依旧处于一种植物人状态，大脑里没有任何信号。其他人陆续苏醒后，状态也均和冯一伦一模一样。

地球所有顶尖的科学家都在研究冯一伦的这种状况，唯求唤醒他，可是所有努力均是白费，得到的结论是：有一种无法理解的能量，在抑制着冯一伦意识的苏醒。唯一的办法是：等待，等待，等待！

一年之后，准确地说，是冯一伦带着"启示者号"进入太阳内部的第 730 天整，在"启示者号"发动太阳力，进行马波穿越的那一刻，分秒不差地，冯一伦的眼球突然激烈地转动！他真正醒来了！

科学家们本来以为，冯一伦的醒来能够带来真相，可他们惊恐地发现，冯一伦 12 岁以后的所有记忆都消失了！同时他还丧失了语言能力，反应异常迟钝，无法正常读写，认知力有限，一双空洞的眼睛总是直勾勾地看向发亮的灯泡，几个小时不眨一下。

还是查无可查！

随着冯一伦的苏醒，剩余的 31 名幸存者也纷纷醒来，可他们的状况和冯一伦一模一样，在认知能力和记忆上，甚至要

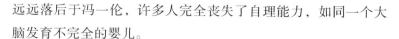

远远落后于冯一伦，许多人完全丧失了自理能力，如同一个大脑发育不完全的婴儿。

在无可奈何之下，地球联合政府的注意力再次转向了"启示者号"。"启示者号"被联合星空舰队拖回了地球，秘密保存在"X5边缘"基地之内。地球科学家将"启示者号"拆卸了三遍，细小到每一个螺丝，但仍然没有得到任何关于其从跳入太阳之后到被"平静号"空间站发现这段时间的有价值信息。

直到无意之中，人们对"启示者号"的金属进行马波穿越振动时，分解出了一些金属记忆波，经过不断地解析，得到了一些掺杂着大量噪声的对话。

"吱……吱吱……方向错……吱……吗？"

"……球……呜呜呜呜……吱……球……"

"……8000平方千米……咕噜……吱吱……呜呜……生命……"

"避开……无法……扁平……"

"吱呜……内部……"

尽管联合政府公布了这些声音，但是独立调查委员会却谴责联合政府隐瞒了一些真相，他们抽调了所有的物品，发现缺少一些纸张和垃圾，而这些物品有可能被当时的某些"启示者号"船员用来记录。特别是在冯一伦的个人航行记录器中，电子数据原子单元上有人为调整的痕迹。独立调查委员会要求联合政府作出解释。

联合政府声称一切对"启示者号"的分析行为都有明确的记录，细小到纳米级的变化都有记载，绝没有人为的干扰或隐瞒，联合政府无法解释某些物品消失和数据被调整的现象，希望民众理解。

在这种没完没了的争议声中，"启示者号"的姐妹舰"冯度号"提前建造完成，联合政府立即安排"冯度号"秘密启航，前往 X-A-87 星球。因为，自从"启示者号"消失在太阳的内部之后，X-A-87 临时基地里的 4399 个人就失去了联系，至今没有任何信号传回地球。

为了避免造成更大范围的恐慌，联合政府一直在借口 X-A-87 星球与地球之间，有一颗白矮星的爆发，造成了曲率盲区，干扰了信号。

"冯度号"是一艘比"启示者号"更加先进的星际飞船，它不辱使命地到达了 X-A-87 星球，可是，派出去的搜索队，居然在 X-A-87 星球上没有发现任何人类生存的遗留物，甚至一星半点的印记都没有！这也就意味着，没有人类登陆过 X-A-87 星球！4399 个人，消失了，而且消失得如此干净，甚至连一个原子信号也没有留下，好像压根就不曾存在！

"冯度号"决定停止对 X-A-87 星球的搜索，并立即返回地球！"冯度号"几乎不惜一切代价地返回，终于通过马波穿越，"逃"回了太阳系。在"冯度号"完整汇报了 X-A-87 星球的异常现象之后，这艘太阳系内最先进的星舰，在启动马波穿越打算回到地球时，又"完美"地消失了。

更准确地说，"冯度号"如同 X-A-87 星球上消失的 4399 个人一样，不留一丝痕迹，连热量带来的原子波动、量子级的振幅，也从宇宙中被抹去了……

地球联合政府的天宇中心内，所有人眼睁睁看着"冯度号"从宇宙中被抹去，而没有任何办法，无数遍地确认"冯度号""不存在"了之后，包括首席执政官在内的数百名议员和科学家，陷入了长久的沉默……

到底，是哪里错了……

就在地球联合政府极为恐慌的时候，事情又有了转机！转机发生在冯一伦身上，他一反常态，开始不断喃喃自语，但是谁也听不懂他到底在说些什么。对冯一伦进行了脑波检测之后，科学家发现他的大脑皮层变得异常活跃，但是没有任何办法可以读取。

为慎重起见，联合政府安排了最著名的几位催眠大师，对冯一伦进行了催眠，冯一伦在催眠状态下，逐渐地说出了一些超出想象的事情。经过整理之后，冯一伦讲述的故事是这样的：

我是冯一伦，"启示者号"的船长，在完成对 X-A-87 星球的探索后，我们计划返回地球。可是在最后一次马波穿越时，发生了未知的错误，"启示者号"冲向了太阳，并被太阳的引力捕捉，无力逃脱，船身即将被焚毁。我和我的助手度度斯基决定，最后一次进行马波穿越，葬身在太阳的内部。

穿越之后，我本来以为我们会毫无感觉地被压力压扁而瞬间融化，但这件事情并没有发生，我们来到的空间，外部温度只有 40 摄氏度！"启示者号"不可思议地幸存了！我和度度斯基在短暂的喜悦后，觉得目前的状况下，等待死亡比速死更加恐怖！

这是一个白茫茫的空间！能见度只有不到一千米！可是，

"启示者号"失去了一切动力，电力和能量居然无法产生，无法对外部环境进行任何方式的探索，更不知道自己在哪里，只能在这个空间里飘浮。所有可用的科技，都失效了，我们只能用最原始的方式来求生！

我们俩将所有船员召集在一起，告知了现在的处境，安抚了大家的情绪，虽然我们失去了一切能源，而且不能再造，但是我们用传统的化学反应，能够保证氧气的供应！只要我们还活着，就不应该放弃希望！

可是，我们在哪里？是在太阳的内部吗？谁也无法确定。

大约 30 个地球日后，我终于在舷窗外，看到了空间里的一些变化！本来我是欣喜若狂的，但在看清了外面的事物之后，我再次陷入了绝望。

有一个巨大的扁平透明生物，从"启示者号"上空飘过，之所以能够判断这是一个生物，是因为它身体的蠕动方式。这个生物到底有多大，我们无法计算，只知道它从出现到离开"启示者号"的上方，足足用了 24 个小时！这也就意味着，它可见的长度超过 20000 千米。

接下来的 40 个地球日，这种巨型生物无时无刻不出现在我们的视野里，因为它实在太过庞大，我很难用多少只来形容，可能是许多只，也可能只是一只，我们看到的是它的不同部位……

目前看来，这些巨型生物并没有攻击性，而且体形开始变小，直到我们发现了一只仅有"启示者号"两倍大小的生物，并排地与"启示者号"前行了一段距离，我才知道我们之前太乐观了！这些稍小型的生物，开始攻击"启示者号"！

参与攻击"启示者号"的，应该有三只，分别处于前方、上方和下方，它们似乎是有协调和组织性的，它们发出刺耳的鸣叫声，先后从身体上分裂出粗大的触手，先是不断地敲打，后来变为猛戳、缠绕"启示者号"。船身遭受了严重的破坏，舱室开裂，大约有100人丧生！我们尝试过抵抗这些触手，用子弹、刀具，但子弹没入触手中，会极快地化为光态流走！抵抗根本无济于事！似乎我们的抵抗只是在给这些透明状态的触手补充能量！

我们放弃了抵抗，幸存者聚集在最坚固的前舱廊桥，等待着"启示者号"被撕裂，我们葬身在这片未知之地的时刻来临。一只未知的生物停在船头，从舷窗外看着我们，不过我们只能认为舷窗外是它的头部，它并没有我们常规认识里的眼睛，而它的半透明身体里，不断地流动着、聚集着光华。

我们尝试用敲击舷窗的方式来交流，但是无济于事……

大家都非常难过，我们不知道自己做错了什么，神为什么要用这种方式来惩罚我们。度度斯基带领信仰基督的船员们，开始高唱圣歌。

我是个无神论者，但此刻，我居然开始感动，并流下了眼泪。船体的撕裂声越来越大，我们存活的时间，已经非常有限。

然而在这个时候，我感觉到"启示者号"突然开始加速前行！巨型生物的袭击突然终止，迅速离开！惊讶之际，几个白色的光球在我们的面前慢慢出现，由小变大，直至一个人的大小。

我的脑海里，被各种颜色的光线填满，以至于看不清眼前的事物！唯有那几个白色光球，异常清晰！

光线在我脑海里跳动，最后我竟能听到有人在说话，而且好像就是我自己的声音。

"地球人，你为什么来这里？"

"这是哪里？你是谁？"我在脑海里问。

"这是太阳的内部，我是创造太阳系的人。我已经知道了你来到这里的原因，很愚蠢的举动，但不得不说，愚蠢打破了界限。"

我还有许许多多想问的，可是光线剧烈地跳动着，我的脑海充斥着各种记忆，再也问不出一句。

等我脑海中的信息爆炸平静下来之后，我看见，"启示者号"正在一片极为明朗的空间里，向着前方的一个球体移动，那是一个白色的星球。

是的，是一个白色的星球！太阳的内部，有一个白色的星球！

冯一伦的催眠状态，在这时出现了异常，他开始非常激动，无法平静下来，需要注射镇静剂才能缓和，连催眠也无法再进行。为了让他能够继续讲述之后的事情，催眠师们商议，邀请南亚著名的苦行僧尤里甲曾，对冯一伦使用一种禁忌的"伏想"催眠技术，但这个技术造成的后果，可能让冯一伦陷入自己的潜意识中不能自拔，再也不会恢复……

地球联合政府对冯一伦之前的描述已经极为震惊，为了继续了解太阳内部的秘密，他们同意了催眠师们的请求，哪怕这样会让冯一伦死去。

尤里甲曾是南亚著名的苦行僧，他创立的达曼新教，被誉为人类第五大宗教，作为教派领袖，他在全世界享有极高的声誉。尤里甲曾在受到邀请后，闭关了三天才同意，他给他的传承弟子留下书信：我此次去，会是最后一次见你，但是我要做的，会是全新的开始，我愿意用生命来迎接。

尤里甲曾的伏想术，在科技已经高度发达的36世纪，还是未解之谜，据说是打开人类灵魂的一种秘术！

他在基地里见到了冯一伦，稍事休息后，很快对冯一伦进行了伏想术。果然如大家期待的那样，冯一伦再次开口说话，讲述了后面的故事。

只是冯一伦的讲述断断续续，并不完整，有些段落不停地重复，有些描述完全没有逻辑，而且他大多数时间都说着不是语言的语言，好像是把几万种语言随机糅合在一起，根本无法破解。

尤里甲曾将冯一伦的各种只言片语，整理为以下的文字：

"启示者号""坠落"在白色星球上，这个星球，大概有月球那么大，重力也接近月球。到处都是白色，有白色的尖塔，有金字塔大小的，有笔直得像天线的；地面也是白色的，但会改变颜色，什么颜色都有，很淡的颜色，不浓烈。

所有的东西都会改变形态，会在脚下出现一条路，也会突然升起一座建筑，任何东西都可以飘浮，可以分散，可以组合，可以飞行。

没有看到任何一个人，没有植物。

有些尖塔塔顶，飘浮着很大的光团。

天空一直是白色的，有些发青，不知道外界的光线是从哪里来的，可能每一个东西都能自己发光。

我觉得我是只蝼蚁，尽管我不断告诫自己，可是我就是觉得我是只蝼蚁。

度度斯基好像疯了，还有几个人好像也疯了，一直不停地大吼大叫，我听不见他们的声音。

我们分散开，我也不知道我为什么要和他们分开，没人命令我。

我看到一个很大的正方形从地下升起，不停地改变形状，地面把我托着去往那里。

我在一间椭圆形的房间里，有个光团把我罩住了，我变成了两个。

然后，我很大，很大很大，有太阳那样大，我看到白色星球在太阳的内部，看到许许多多的白色光点从太阳上飞出去。

我大概有整个太阳系这么大。

外面的天空里，有许多的蛋，颜色很多，有透明的，有五颜六色的。

我感觉到敌意，来自一个蛋。

地球在我的手中，我可以转动地球。

他跑来跑去。

他是谁？不知道他是谁，好像是我。

度度斯基飘在空中，他在发光，然后他碎成了白色的粉末。

我的许多船员碎成了粉末，他们并不伤心，他们不存在了，或者换了一种活着的方式，我知道。

我签了一个字，我没有动手，一共有 32 个人签字，一个声音说：使徒。

我们被聚集在一起，我们的手脚都能发光，在"启示者号"上，我们把所有的一切都用光抹掉，我不反抗，我很高兴这样做。

我能看到原子，我能拨动一个原子，一堆原子，这让人很愉悦，造物主。

我们32个人安静地睡着，我甚至能看到我睡着的样子。

我再次醒来，在地球上。

这些描述超出了想象，如果这不是冯一伦的幻觉，那太阳的内部非常有可能存在生命！存在一个比地球发达无数倍的文明！地球联合政府反而兴奋了起来！这是何等神奇的发现！太阳内的文明！如果这是真实的，人类对宇宙的认知也会被打破！

必须了解到更多细节！可是，冯一伦经过这一轮非常危险的催眠之后，生命开始衰弱，再次对他催眠，极可能会杀了他。地球联合政府与独立调查委员会经过连续几天的磋商，决定要求尤里甲曾对冯一伦以外的其他人施行催眠术，明知这样会造成死亡，但为了地球的安全，也只能牺牲他们了！

这项工作在极为秘密的情况下进行，在付出了十人脑死亡的代价后，他们首次整理出如下有用的信息。

"太阳国度"调查第十八号记录

机密等级：最高绝密

3269 年 × 月 × 日

从对除冯一伦外的 31 位"启示者号"幸存者的"伏想"催眠中，我们并没有得到大量的有效信息，因为这 31 位幸存者的状态，与冯一伦相比差别很大。他们在被催眠后，对进入太阳内部后的描述碎片化程度非常高，有些人甚至只能发出不断的尖叫、呻吟、大笑、哭喊。

对这些极为有限的信息，在结合冯一伦的描述进行整理后，我们可以推断出太阳内部的神秘文明，可能具有以下特征。

1. 没有肉体状态，属于能量体，不使用语言，依靠心灵感应方式进行沟通。可能是硅基文明。

2. 有生命有意识的能量体，有控制物质的能力，可以随意地组合、拆解物质。

3. 科技程度达到或者超越宇宙四级文明，可以完全使用恒星能量，或者更强大，具备星际航行能力，飞行物的速度有可能接近或达到光速。

4. 对地球文明非常了解，可能长期观察地球人类活动，可以影响人类的意识，甚至给人类带来真实的幻觉。

5. 太阳的核心中有一个木星大小的空洞，最核心是一个白色的星球，月球大小，可能具有重力，也可能重力完全被支配。星球没有大气层，但有空气，在星球外围有一个面积广大的气态保护层，气态保护层内存在体积在数万立方千米至数十万立方千米之间的大小不一的扁平大气生命体，小型体具有攻击性。

6. 仍然无法 100% 地肯定，"启示者号"进入过太阳的内部。

　　可是，这些整理完成的信息，更符合冯一伦所讲述内容的逻辑推理，完全无法满足地球联合政府的需要！为此，地球联合政府首席执政官启用了《地球危机法》的特殊条款，要求尤里甲曾对冯一伦进行"伏想"催眠中最高禁忌的操作，这个仪式有机会唤醒他深埋在潜意识里的所有记忆，但结局同样也注定，冯一伦会脑死亡。

　　尤里甲曾并没有犹豫，他平静地接受了这个请求，但他要求将冯一伦带到众人的面前，让更多的人见证最后的秘术。

　　冯一伦被秘密带往议会厅，在那里，地球联合政府所有议员出席，他们要亲耳听见冯一伦打开所有记忆之后，会说些什么。

　　在半昏迷的状态下，冯一伦被药物唤醒，尤里甲曾在众目睽睽之下，施以伏想术。

　　漫长的催眠仪式之后，冯一伦在所有人的注视下，坐直了身子。

　　尤里甲曾开始询问他。

　　"冯一伦，你是否在太阳的内部，见过一个文明世界？"

　　"是的。"

　　"你为什么可以确定你曾在太阳的内部？"

　　"他告诉我的，我也看到了真相。"

　　"他是谁，或者说他们是谁？他们来自哪里？"

　　"他是一个，他也是许多个。他诞生在宇宙之初，他从此一直存在，他捕获了最初的物质，他给予物质生命。于是他又是许多个，其中一个他，创造了太阳，他和他的无数化身，生活在太阳之中，这是他存在的标志。"

"他做什么？他又要做什么？"

"他创造了太阳系，他设计每一个细节，他无处不在，又哪里都不在。太阳系是他的领域，他掌握这个领域，每一个'素'，都是他用自己的想法创造的。宇宙中的每一颗恒星，都是他创造的，各种不同的他，生活在不同的恒星中，每一个他的领域都是不可侵犯的，擅自进入他的领域，会被抹去。他目前不希望和他们合并。"

"所有的恒星里都有生命？"

"是的，否则恒星没有存在的意义。"

"除了恒星呢？他们还生活在哪里？"

"只有恒星。"

"那么黑洞呢？"

"那是他开始与其他合并。"

"那么中子星呢？"

"也是他，宇宙只有他，然后他开始创造领域，在领域里，创造一切他认为应该存在的东西。"

"那么人类呢？也是他创造的吗？"

"是的，他在太阳系创造了很多的智慧生命，他也毁灭了许多，最后选择了我们人类。"

"他要我们做什么？"

问到这里时，冯一伦沉默了，他开始颤抖，联合政府首席执政官下令，让冯一伦冷静下来，继续回答问题。尤里甲曾开始努力，冯一伦完全没有反应，这让尤里甲曾加强了力量，如果冯一伦再不说话，他便会死去。

然后，冯一伦眼中开始透出光芒，他飘浮了起来，并被光芒笼罩。

尤里甲曾试图接近他，但立即化为光点。

所有的信号消失了，所有的光也消失了，就在一瞬间，每个人的大脑里，只能看到冯一伦。

冯一伦在每个人的脑海里说话："欲望和恐惧让你们膨胀，让我不得不告诉你们应该做什么！我的每一个字，都是你们的箴言，你们必须遵守，并牢牢地记住，任何人不得篡改，也不可解读，我是怎么诉说的，你们便按此执行。"

没有人不知道下面的话，因为冯一伦在对所有人说。

哒耶，我是一个，我也是全部。我创造你们，我也毁灭你们。

在你们未被我认定之前，你们不可离开太阳系，擅自离开的后果将是被抹去。

停止所有的科技发展，你们要重新开始审视自己的内心，直到看清你内心中的另一个人。

不可大量食肉，每日只可食用一个小指大小的量，过量食用肉类的人，将会融化成血。

在地球上未被蓄养的生物的肉，绝对不可以食用，你食用这些生物的肉　将变成它们。

每天你们立向太阳初升之处膜拜，并口念"赐纳哒耶"。

一个男性和一个女性，终生只可有一个子嗣，我也只会赐给你们每人一个子嗣。

你们将能用内心的力量创造新的太阳，那是你们离开我的时候。

不相信我的，将在七天内失去生命或被永远流放在孤苦寒冷之地。

你们必须和平，并回到自然中生活，不可再用办法来建造人造物，并居住在内。

信我的，每日按我所说来做事的人，我会赐给你们崭新的能力，你们只能用我赐予的能力，来创造事物。

我有 32 个使徒，他们将替我监督这一切，惩罚你们，奖赏你们。

等一切结束之时，冯一伦消失了，"启示者号"的幸存者们，包括已经死去的幸存者们，全部消失了，他们没有留下任何曾经存在的迹象。

天空中不断出现 32 个金色的符号，地球发出了响亮的号角声，回荡在太阳系的每一个角落，所有人停止了一切活动，仰头看着天空，失去了活动的能力。这种情况持续了三天，直至金色的符号扩大成不可见的光芒，才逐渐消失。

在人类恢复的第一天，世界各地便成立了无数的教派，统称为太阳神教。他们将冯一伦的那些话语刻在石板上，称为"新十二戒"；他们脱去了衣裳，放弃了家庭，用树叶掩盖身躯，扛着石板前行，不住呼喊着"哒耶"，不断向太阳膜拜。

地球联合政府面对这种混乱，表现出了极大的冷静，首席执政官召集半信半疑的议员们，呼吁大家继续团结起来，这不是神谕，而是一次侵略！一次使用思维武器的侵略！是为了奴役所有人类！我们人类决不能放弃，决不能听信！我们人类的未来是星辰大海！绝不是被困在地球上，任他人摆布！我们要挑战这些虚妄的神！

面对不断涌现、越来越多的太阳神教派信徒冲击联合政府，要求无政府化 地球联合政府决定进行镇压！面对镇压，那些痴迷于新的神的人，赤身裸体、无所畏惧地向政府机构冲去，但都被机械智能武装屠杀殆尽，地球在一个月内，因此死亡者达五亿人。

地球联合政府稳定局面后，发誓要挑战太阳。

为了人类未来，决不能坐以待毙。

3330 年，穿越恒星计划诞生。

3339 年，"穿越者"成功穿越太阳，无任何发现。

3340 年，"穿越者"第二次穿越太阳，失踪，无下落。

3342 年，"穿越者 2"穿越太阳，失踪，无下落。

3345 年，"穿越者 3"穿越人马座 B97 号恒星，失踪，无下落。

3348 年，"勉励号"穿越 BJ87 号恒星成功，无任何发现，穿越太阳，失踪。

3350 年，"勉励 2 号""勉励 3 号""勉励 4 号"穿越太阳，集体失踪。

3351 年，发射 30 艘穿越太阳无人飞船，失踪。

3352 年，发射 45 艘穿越太阳无人飞船，返回 2 艘，成为联合政府特级机密。

3353 年，发射 138 艘穿越太阳无人飞船，返回 5 艘，成为联合政府特级机密。

3354年，发射953艘穿越太阳无人飞船，无一返回。

3355年，太阳异常爆发，造成太阳系死亡3.2亿人。

3356年，太阳异常爆发，造成太阳系环境变化，死亡7.9亿人。

3357年，太阳超大规模异常爆发，造成太阳系生态灾难，死亡22.9亿人。

3358年，联合政府全天24小时向太阳发射信号，决不进行太阳穿越。太阳无爆发。

3359年，在太阳系各处太空中，发现多个白色扁平生命体，大小不一，最大的表面积超过火星，最小的表面积接近100平方千米，具有攻击力的星舰被袭击，毁灭。

3360年，联合政府停止穿越恒星计划，仅维护太阳系生态平衡。

3361年，冯一伦在南极点被复活，其余31人，在世界各地被复活，他们被称为"三十二使徒"。

3362年，联合政府解散，地球由使徒团接管。

3363年，使徒团宣布，启用新的纪元年号太阳。

太阳纪元3万年，人类剩余50万人。

太阳纪元6000万年，经过同意，最后的使徒带着仅存的200人离开太阳系，在300万光年外，新的恒星诞生，被称为"地球人恒星"。

太阳纪元3亿年，地球人恒星文明攻击太阳系，太阳转为黑洞，吞噬了整个太阳系，太阳系永远地飘荡在银河悬臂的一片黑暗的角落中。

太阳纪元 30 亿年，银河系大多数恒星被地球人恒星攻击而陨落，黑洞逐一合并，银河系中央形成超级巨大黑洞。

太阳纪元 500 亿年，地球人恒星成为银河系唯一剩余的恒星，恒星寿命终止，逐渐塌陷成为一颗死核，但这颗死核并没有落入银河系中央的黑洞中，而是加速离开，孤独地遨游在茫茫的宇宙中，巡视着依旧无穷无尽的星系。自此，被称为人类的文明，彻底消失。

最终，所有的恒星都死亡了，宇宙一片沉寂。

没有时间长短的沉默中，一个点亮了起来，引发了巨大的爆炸。

新的宇宙诞生了，最初的生命开始形成。

恒星出现了。

男人和女人在新世界里，仰望天穹，看见一颗一颗星星出现了。

群星闪烁在夜幕上。

张海帆

本名张帆，山东威海荣成石岛宁津所人氏。著名作家、编剧、影视策划人、影视制作人，曾为慈文传媒集团总编辑兼艺术总监，爱奇艺海岸工作室负责人，现任稻草熊影业副总裁。代表作品：《青盲之越狱》《大魔术师》《五大贼王》《冒死记录》等。

尼莫

步非烟

207 号生命体的确像一条小丑鱼，在人类制造的"海洋"中，开启他的神奇冒险。

　　"更新世"生命研究中心，灯火通明，人来人往。米勒教授正指挥助手将人工合成的生命体放入培养器中。助手尼克是个身材微胖、头发蓬乱的青年，因缺少睡眠而顶着两个硕大的黑眼圈，显得无精打采。但这丝毫不影响他动作的熟练度，他眼皮都没有抬，只靠肌肉记忆就将试管倒入一个全封闭的、类似于水族缸的玻璃器皿中。

　　"水族缸"造型浑圆，直径只有 50 厘米，造价却高达数十亿。它仿佛是一个淡蓝色的气泡，悬浮在实验室的中心。四周布满了各种管道、线路，连接着上百台精密仪器。为了让其中的水体完美模拟原始海洋的生存环境，这样一个"气泡"，每天的维护费用竟高达数十万美金。

　　尼克打了个哈欠，将一张写着"207"的标签贴在"水族缸"上，并在旁边放了一个计时器。

　　计时器屏幕闪着蓝光，悄无声息地记录着一个新生命的起点。这只是实验室日常的一部分，除了负责照顾"水族缸"，助手尼克并没有太多事。

第一章　尼克

尼克伏在办公桌前。从这个角度，他能清晰地看到"水族缸"的全貌：岩石，人造海水，原始大气，按规律出现的闪电与振动。"水族缸"其实是一个缩微的远古地球，有恒星照耀，有暴雨雷霆。唯一怪异的是一张巨大的人脸，那是尼克的倒影。在幽微的光线下，圆滚滚的面孔仿佛也成了缸内世界的一部分。如果缸里的生命有知觉的话，会不会以为是看见了远古怪兽或神明？每想到这里，尼克就忍不住微笑起来。

他回想起六个月前。

六个月前，第一只单细胞生命体在实验室诞生的时候，可比现在热闹多了。消息轰动了全球，世界各地的媒体蜂拥而至，各种"长枪大炮"在"水族缸"前闪个不停，名流政要依次到缸前合影，人群中不时传来惊呼："天啊，这是多可爱的小生命！"

每当这时，尼克都需要紧绷着脸才不至于笑出声来。他很清楚，这个所谓的小生命还不如针尖大。这些惊呼的人，看见的只会是一缸混沌。

而后，这缸混沌成功霸占报纸、网站头版头条，长达一个月之久。最后连总统也亲自发来贺电，将这只单细胞生命体命名为"夏娃"。

夏娃，寓意着生命之母。

尼克起身给自己倒了一杯咖啡。咖啡机旁堆放着一大沓世界顶级科研期刊。它们的封面上也无一例外印着"夏娃"这一名字。

坦率地讲，说这是人类历史上最伟大的科技成就也不为过，从无机小分子到有机小分子，到生物大分子，到多分子体系，再到单细胞生命，人类在实验室里走完了地球 35 亿年的历程，完成了创造生命的伟业。

尼克还记得，在监测到生命诞生的那一刻，整个实验室的人都热泪盈眶，当然也包括他。他看着欢呼的同事们，心底不由得赞叹，人类真是一种了不起的生灵，总有一天能揭开整个宇宙的奥秘。

之后，全世界顶级的科学家，都来到了这间实验室，并研讨后续方案。他们尝试用各种方式，定期改变"原始海洋"的环境，让它模拟生命不同的发展阶段——从冥古宙，到太古宙，到元古宙，再到显生宙。这个简单生命也会随之自我进化。一切被认为能促进进化的技术手段都被运用在"水族缸"上。科学家们期待，能够在这个小小的空间里，再现浓缩后的亿万年生命进程。这个微不足道的单细胞生物，有朝一日会发展到多细胞。从无脊椎到鱼类，从鱼类到爬行类……甚至，有朝一日能成为一种新的智慧生物。

所有人都暗中期待着这一刻。

然而意外的是，这一过程并没有想象中顺利。夏娃演化到一定阶段后，就会停滞不前。实验体细胞会停止分裂，逐渐衰朽。科学家们百思不得其解，不知是哪里出了问题。他们尝试着干预环境，改变气象参数，但都毫无用处。夏娃最终死去了——作为一个单细胞生物。

这个消息并没有对外界公布，科学家们很快制造了另一只夏娃，继续实验。

然而停滞再次发生了。

夏娃2号仅比夏娃1号多存活了3个小时20分钟。

同样，这个消息也没有被公布。实验室不声不响地制造出3号夏娃，4号、5号……到了后来，人们已经没有闲心等待生命体自动衰亡，而是当它显示出停滞迹象时，就立即销毁，重新制造一次。

尼克用手轻轻抚摸了一下缸体，笑容里有一丝苦涩。

是的，这是第207缸实验体。缸底标签上潦草地写着207三个数字。这是14天前，他亲手贴上去的。

尼克放下手中的咖啡，凑近玻璃缸，眯起眼睛观察。他当然清楚，里边除了一片混沌，什么也看不见。然而，他还是如他之前嘲笑过的名流政要们一样，将脸凑上去说了声"嗨"。

他柔声说："你好吗，尼莫？"

尼莫，是他私下里给207号生命体起的名字。

随着时间推移，人们逐渐淡漠，再没有人有闲情逸致给这些单细胞生命取名。它们都只以编号的形式存在。凑巧的是，在207号诞生的同一天，尼克的妻子也创造了一个可爱的小生命——他们的儿子尼莫。

妻子的孕期正好处在实验关键时期，尼克经常加班不能回家。于是，他为妻子找来很多卡通片，陪她度过这段难熬的时光。其中妻子最喜欢的一部是《海底总动员》，里边的小丑鱼就叫尼莫。

尼克回想起，儿子诞生那一天，也正是 207 号生命体诞生的那天。实验室人手紧缺，尼克的请假没有被批准。于是，他没能去产房见证儿子呱呱坠地，却站在一缸混沌海水前，见证了一只单细胞生命的诞生。生命监测器嘀嘀声响起的那一刻，报喜电话也打来了。电话那头，妻子的声音疲惫而兴奋，她直截了当地说，是个男孩，她要叫他尼莫。

尼克想也没想就同意了。

也许是想表达某种愧疚，也许是对自己无能的嘲讽，尼克放下电话后，决定给这只单细胞生命起名尼莫。

207 号生命体的确像一条小丑鱼，在人类制造的"海洋"中，开启他的神奇冒险。

第二章　尼莫

让我们换个角度，来看一看这个价值不菲的"水族缸"，看一看它的住户尼莫。众所周知，单细胞生物是无法思考的。但这里我们需要引入一点童心来讲述这个故事。

假设尼莫能够思考，那么也许会有下面的一切。

尼莫没有性别，因为他的身体是深蓝色的，我们姑且按照人类习惯，认为他是男孩。如果你认同这一点，那么也该相信，他和所有卡通片里边的小男孩一样，对这个世界充满了好奇。出生后，尼莫就用不足针尖大的身体，在"水族缸"里游弋，好奇地打量四周的环境。对于他而言，这个"水族缸"就像整个宇宙一样宽广无际。他努力地探索着，每天都发现一点新的东西。一颗沙粒、一个气泡、一块石子都是伟大的发现，弥足珍贵。他用自己的方式把这些记录下来，使之成为只属于他的知识。

对他而言，前几天的生存考验格外严酷。

第一天，他浑浑噩噩地躺在浩荡的"洋流"中，不知要被冲向哪里。

第二天，他尝试着挥动刚进化出的一根鞭毛，躲避巨大沙砾的碾轧。

第三天，他学会利用"洋流"，载自己去想要去的地方。他还尝试吞噬"海水"中的浮游生物，这是一个伟大的成就，意味着他从此学会了自主进食。

第四天，他的两根鞭毛都变得强壮而灵活，让他可以自如地捕食藻类。

第五天，尼莫已经长到了出生时的两倍大小，附近的藻类已经不够他吞噬。同时成长的还有他的好奇心和自信心。他忍不住想，是否要随着"洋流"，漂到"水族缸"的另一面。那里的"海底峡谷"有足够多的屏障和丰富的藻类。

一番思索后，尼莫带着满满的勇气启程了。这趟旅行持续了整整两天，到达目的地的时候，已经是第七日傍晚，尼莫还没来得及看清周围的环境，就疲倦地睡着了。

到了第八天，尼莫醒了过来，挥动鞭毛小心翼翼地游弋着，探索着这处他冒着生命危险抵达的家园。

第九天，他在东面发现了一块巨岩，能够躲避水流的侵袭。

第十天，他在巨岩下给自己筑了一个人类肉眼不可见的巢穴。

第十一天，他休眠了。

第十二天，他单性繁殖了一窝小尼莫，他们乱哄哄地围着他转。每一只都和他长得一模一样。小尼莫们有滚圆的身体和黑色的细胞核，看上去就像宝石一样闪耀。身体正前方有一对柔软的鞭毛，就像是人类的两只胳膊，在"海水"中伸展开，似乎要和尼莫拥抱。

这一刻，尼莫觉得，自己真的是世界上最幸福的生灵了。

第十三天，他带着孩子们离开了巢穴，一起游弋，一起冒险，探索这个看似无穷无尽的"水族缸"。

尼莫只有一个细胞大，他的孩子们就更加微小，只有在显微镜下才能看到。对于人类，这些只不过是仪器镜片下的几粒微尘，但对于尼莫而言，这些小小的、会蠕动的"微尘"是他的珍宝，值得他用整个生命去保护。

第十四天，他突然想到，要把自己这段时间探索来的知识传递给孩子们。他用单细胞生命体特有的方式，讲述着"漫长"一生的见闻。

有天地初开时的混沌奇观。那时暴雨倾盆、雷霆震响。

有海上漂泊的传奇。海浪咆哮翻卷，地火喷发，将他拖向深渊。他拼命挥动着鞭毛，挣脱漩涡，得以幸免于难。

有建造家园的艰辛。每一颗石子都是巨岩，每一株水藻都是巨树，他竭尽全力将它们挪开，用身体蹚出一片平整柔软之地。

孩子们围绕着他，听他讲着故事。他们用自己的方式跳跃起来，张开柔软的"手臂"，簇拥他们的父亲。

那不仅是他们的父亲，也是他们家园的创造者，他们族群的传奇英雄。

这时，尼莫心中涌起一种伟大的自信。有朝一日，他能带着无数后辈，揭开这片"海洋"的全部奥秘，成为了不起的生灵。

突然，整片海洋剧烈震荡起来，天翻地覆。

第三章　米勒

"更新世"生命研究中心。

米勒教授眉头紧皱，翻阅着手中的资料。

"尼克。"

没有人回答。

尼克正低着头，目光紧紧盯着大衣遮盖下的手机。他在看妻子发过来的儿子的照片。

生命真是伟大的奇迹。

他还记得，孩子刚出生时皱巴巴的又黄又瘦的样子。才14天，这个叫尼莫的小东西，已经变成了会哭会笑的小天使。滚圆的小脸上一双乌黑的眼珠，宝石一样闪耀，两条肉肉的胳膊张开，好像要找他拥抱。

尼克那一刻觉得，自己真是世界上最幸福的生灵了。

"尼克！"教授的声音有些严厉，"报告207号实验体的进度！"

尼克放下手机，匆忙地在电脑上忙碌了一阵，对比了几组数据："目前一共有8只实验体，能够筑巢，可以单细胞繁殖，互相可以传递信息……"

教授显然不够满意："就这些？"

"呃，目前就这些。"尼克看了一眼计时器，确定地说，"走到这一步，共花了 14 天的时间。"

教授摇了摇头："太慢了，甚至比 206 号实验体还要慢。"他叹了口气，"重来吧。"然后穿上外套，走出了实验室。

尼克也叹了口气，又是一次失败，这半个月的加班又白费了。他把"水族缸"从各种管道、线路上解下。脱离了那些精密仪器，这个"水族缸"与宠物店里出售的大路货没有太大区别。

尼克抱着"水族缸"进了卫生间。

他也记不清自己是第多少次做这种处理实验室废品的杂事了。

把尼莫一家倒入马桶前，尼克突然感到了一丝伤感。也许是因为这个生命与自己的儿子同名吧。但又有什么用呢？他们毕竟是连草履虫都不如的单细胞生物而已。离开那些昂贵仪器的维持，他们不能存活太久。而实验室不会为一组失败的试验品每天负担几十万美金。

他只是略微犹豫了一下，又轻声说："再见了，尼莫。"

卫生间响起了马桶冲水的声音。

第四章　伊万

遥远而浩瀚的宇宙，人类从未触及，而在连想象力都无法抵达的时空维度里，两个高维生物正在以人类无法理解的方式交流着。为了叙述方便，我们将这种交流翻译成人类惯用的语言，那么便会得到如下对话。

"第 20017 号试验品进度怎么样了？"

"呃，先生，容我找找，蓝星所处的宇宙的编号……"

"什么蓝星？是 20017 号。伊万，你可真是闲得无聊，还给试验品起了名字。"

似乎有点不好意思，被称作伊万的高维生物停顿了片刻："呃，找到了。AS709 宇宙……银河系 / 太阳系 /20017 号，蓝星……到目前为止，这个星球的智慧生物'人类'，数量有 70 亿左右，遍及整个星球。目前他们刚刚结束了君主制时代，主要以家庭形式组织在一起。贫富差距、性别歧视、种族对立等社会问题已越来越突出，通常每过一段时间，就会爆发一次大规模战争。补充一下，他们的战争武器较社会形态发展略为超前，换言之，他们很早就掌握了可以将自己毁灭几十遍的力量……"

高维生物似乎对这类成就不太感兴趣："其他呢？"

"艺术方面，他们能运用文字记录历史，创作诗歌、小说、戏剧作品，虽然这些作品大多只供娱乐消遣，但仍有个别可看的篇章。科技方面，人类初步掌握了太空技术，可以登月和探索火星，互联网、核能发电、基因技术……哦，对了，就在刚才，他们开始在实验室里制造单细胞生命。"

"就这些？"高维生物似乎并不满意。

"呃，目前就这些。"伊万确认了一下，"到这一步，共花了 14 天，当然以他们的纪年来说，是 35 亿年。"

"太慢了，甚至比 20016 号实验体还要慢。"他叹了口气，

"重来吧。"

然后对话中止了。

周围只剩下一片寂静。

伊万望向地球所在的宇宙，它在目前的视野中不过是气泡大小，而那颗被他命名为"蓝星"的星球，需要无数次地被放大，才能现出微尘般的形体。

或许，再经过无数次的放大，才能看到一处叫作"'更新世'生命研究中心"的建筑，然后看到一个微胖的年轻人，他正趴在一缸新的混沌前，专注地看着手机屏幕。

那是刚出生 14 天的人类男孩尼莫的照片。

伊万的目光波动了一下。

70 亿的人口，无数新生的生命，科技的进展，5000 年的历史，对于伊万而言，不过引发了一点小小的伤感。

又能怎样呢？不过是一些失败的试验品罢了。

他叹了口气，把气泡倒掉。

步非烟

中国武侠作家。北京大学中文系博士，北京师范大学博士后，现任中国人民大学国学院副教授。主要作品有《华音流韶》系列、《武林客栈》系列、《昆仑传说》系列、《玫瑰帝国》系列、《天舞纪》系列、《修罗道》系列等。步非烟开创的女子武侠被誉为新神话主义、大陆武侠奇幻界想象力的代表。

四川人舰队

钟云

2053 年，中国在太阳轨道上建造了超级工程"日环"太阳核电站，开始规模化生产太阳能核电池，并由此成立了以省会及地方命名的太空运输舰队……故事主要发生在四川舰队当中的一艘名为"蜀山号"的运输飞船上。

第一章　麻将

"成都，成都，我是蜀山。"

"成都，成都，我是蜀山。"

…………

"蜀山号"运输飞船从火星起航，摆脱火星引力束缚，调整飞行姿态之后，关闭引擎，依靠惯性推进。货舱内满载火星矿物，飞船以每秒12千米的航速，飞往位于太阳轨道上的"日环"核电站。

船员舱环绕着飞船中轴匀速旋转，通过离心力产生人造重力环境。

戴船长在呼叫四川舰队指挥中心："成都，成都，我是蜀山……"但没有应答，他狐疑地敲了敲通话器，"搞什么，这坨东西是不是坏捵咯？"

智能机器人"八条"在一旁接话说："李船长在火星长城站养病，我们飞船因为缺人手，耽误了七天时间才出发，我们现在距离成都主舰大约7257600千米，通信电波在太空中的传播速度为每秒299792.458千米，成都主舰大约需要24.209秒才能收到你的呼叫，应答信号返回同样要24.209秒，共计48.418秒才能……"

"打住打住，哪个问你话了？"戴船长呵斥，"一大早就听你嘀咕嘀咕，心烦了，不要挨老子扯皮。"

八条的圆球形身体上红灯闪烁，重播了一遍戴船长刚才说话的录音："搞什么，这坨东西是不是坏掉咯？"然后它说："把四川方言翻译成普通话，很显然，你是在问通话器是不是坏了。"

"你是哪个？"

"我是智能机器 GPT-X008，作为全能应用型机器人，我负责'蜀山号'运输飞船的设备维护，我有责任回答你的质疑。"

"你个铁脑壳，老子是在问你，谁问你通话器？"

"是你。"

"你是哪个？"

"噢，我明白了，你说的'你'是指你，戴船长。"

"晓得就好，老子是船长，一船之长，你不要跟我扯皮，回答问题一句话就行了，'通话器没坏，收到应答还要 48 秒'，你非要扯李船长做啥子？是不是在暗戳戳地说，我只是个代理船长？"

"我没有这种意思。"

"你这坨铁疙瘩，花花肠子还挺多，不要以为老子看不透。"

"知道了，戴船长。"

"挨老子放聪明点……等哈，你说的戴船长是哪个戴？"

"戴帽子的戴。"

"不是代理的代？"

"不是。"

"你不要以为老子听不出来，就想搞个张冠李戴，指桑骂槐。"

"蜀山，蜀山．我是成都……"

通话器里传来成都主舰的应答："'蜀山号'代理船长，戴森同志，请你注意，我们的通信有时差，以后你呼叫，请一口气说出完整的通信内容，不要只是呼叫，浪费时间。另外，我们已经收到你们飞船起航的信号，如果你打算说的只是这件事就不用再呼叫了，通话完毕。"

"晓得了。"戴船长悻悻地回答。

"戴船长早！"新来实习的船员小丁从睡眠舱来到驾驶舱，热情地跟他打招呼。

"瓜娃子，你说的戴船长是哪个戴？"

"就是你啊，你昨天介绍说，你是我们的代理船长。"小丁憨乎乎地回答。

"我是船长，我姓戴，戴帽子的戴，晓不晓得？"

"那要咋个称呼你？叫你戴代船长？"

"木脑壳，叫戴船长就好了。"

"我刚刚叫的就是戴船长。"小丁一脸迷茫。

"哪个晓得你叫的是戴船长还是代船长……哎，算逑了，越说越扯拐。"戴船长转而问，"耙耳朵①咋个还不来报到？"

---

① 怕老婆的男人。

"哪个是耙耳朵？"小丁问。

"就是那个重庆人，余春水，老余怕老婆得很，老婆一吼，小腿抖三抖，我们都叫他耙耳朵。"

"余哥还在睡觉，没起床呢。"

"睡个铲铲①，这都几点了，他在床上磨皮擦痒干啥子？你赶紧去叫他来上班，迟到五分钟，要扣工资。"

"好咧。"小丁急忙跑去睡眠舱叫余春水。

戴船长随后吩咐八条："你把台子摆开，泡上热茶，我们要开干。"

"还是像以前那样，你们要打麻将吗？"八条问。

"晓得还问，屁话多。"

"知道了，戴船长。"

八条来到驾驶舱的休息区，从圆球状的身上伸出两条章鱼触手一样的机械臂，打开一张桌板，从壁柜抽屉里拿出麻将，铺上桌垫，放上麻将，同时它还伸出了另外两条机械臂，到橱柜上，拿茶壶烧水泡茶。

这时候，唐博士来到驾驶舱，他吩咐八条："给我泡一壶咖啡。"

唐博士是太空生物学专家，他这趟出行，搭乘"蜀山号"飞船，前往太阳核电站从事科研工作。

"好的，请稍等，唐博士。"八条又伸出两条机械臂泡起了咖啡。

"唐博士早啊。"

---

① 表示不赞同或反对。

戴船长跟他打了个招呼："你要不要搓麻将？川麻，血战到底。"

唐博士扫了眼麻将桌，皱起眉："你们平时就这样，拿着工资上班打麻将？"

"那还要做啥子？"戴船长满不在乎，"飞船是全自动的呢，有机器人管起，大家在这里安逸哦，啥子事都不消操心，保准好噜噜①地把你送到地头。来嘛，来嘛，我们搓两把，娱乐娱乐。"

"没得空，我还有重要的事。"唐博士从鼻孔里哼了声。

唐博士拿了八条递过来的咖啡壶，临走前又说："哦，对了，戴船长，以后没得要紧的事，不要来打扰我，不准进我的实验室，我里头都是些贵重的科研仪器设备，弄坏了，哪个都负担不起。"

"稀奇了。"戴船长冲着唐博士的背影撇撇嘴，"科学家是小婆娘啊，还弄不得。"

"戴船长，请喝茶。"八条把泡好的一杯热茶递到他手上。

戴船长尝了口，茶水烫得他咂嘴咂舌，他气冲冲地骂道："你咋个搞的？烫得老子舌头起泡了。"

"你以前说，泡茶水温要到 100 摄氏度，泡出来的普洱茶才有味。"

"泡茶 100 度，喝茶 60 度，你搞这么烫，你是巴不得我得食管癌？"

"对不起！我现在就把茶水降到 60 度。"

---

① 平安。

八条从冰箱拿出冰盒，放了几块冰到茶水里。

"你个铁脑壳，热茶里放冰块，啥子智商，你不要跟老子装憨带宝①的哈！"戴船长一顿臭骂，让八条重新烧水泡茶。

余春水走进驾驶舱。

他边叉腰打着哈欠，边抱怨道："啥子事毛焦火辣②地催，睡个觉都不得安逸。"

戴船长笑眯眯地指了指麻将桌："再大的事大不过搓麻将，这不都给你摆上了嘛，茶水泡好，坐下就开干，安逸不？"

小丁跟随过来，看得吃惊："戴船长，你说的'上班'就是搓麻将？"

"工作需要嘛。"戴船长打了个哈哈，"麻将可以训练思维，陶冶情操，看人品德，你刚来船上实习，打几圈让我摸摸你的底，增进领导与下属的感情。坐下坐下，工作上的事我们边打边谈，工作娱乐两不误，都给你弄巴适③了。"

小丁连连摇头："我打麻将太臭了，只会点炮不会和，以前经常输光，在家里头我妈都不让我耍，说我是木脑壳，背时娃。"

"呀，你真是难得一见的人才啊！"戴船长和余春水相视一笑，亲热地拉小丁坐下，"莫听你妈的，哎，不对，在地球上要听你妈的话，乖乖呢，在天上就听领导的，我们弟兄相互

---

① 装傻。
② 形容一个人烦躁、急躁。
③ 把事情办妥当。

照应，保准你工作生活安逸，跑运输挣点钱，回家讨个婆娘美滋滋。"

"好嘛，两位大哥让到起我点，我好久没打了。"

"没得事，四川人在娘胎里就会搓麻将，老规矩，我们血战到底。"

"老戴，莫以为捡耙鸡儿① 了。"余春水提醒他，"麻将桌上凶得很，六岁小娃都能把你干翻了。"

"输赢无所谓，左右都是兄弟，不存在的嘛。"戴船长兴奋得搓手，"在火星上找不到牌搭子，好久没得要了，我是叮叮猫② 想吃樱桃——眼都望绿了。"

他抓起骰子，才发现牌桌上差一人。

"三缺一，我都忘了，老李在养病没上船，咋整？"

余春水说："不是还有唐博士嘛，叫他来干。"

"叫了，他没得空，他是科学家嘛，说是要搞科研。"

"科个铲铲，不打麻将，他还是不是四川人？"

"没得法，瞧他那种踮得二五八万的德行，跟我们搞不拢。"

"咋整？三缺一，只能打瘸腿麻将了？"

"瘸腿不好要。"戴船长沮丧摇头，忽然看到在驾驶舱操作台忙碌的八条，便转忧为喜地喊，"八条，过来打麻将，给我们凑个搭子。"

八条应声过来，说道："抱歉，虽然我会打麻将，但按照

---

① 捡便宜。

② 蜻蜓。

规定，工作时间不能娱乐，可以等休息时我再陪你们玩。"

戴船长板下脸来说："老子是船长，喊你干啥就干啥，现在命令你休息。"

"好的，戴船长。"

"给老子洗牌。"

"好的，戴船长。"八条伸出两条机械臂麻利地洗起桌上的麻将。

"喊机器人打麻将，怕不行。"余春水说，"输赢咋个算？"

"不要把它当人就可以了嘛。"戴船长从抽屉里拿出一摞扑克当筹码，平均分给每个人，"它可以和牌，但输赢不算钱，相当于半个搭子。"

"也行，打两把试试。"

"八条，你来做东。"戴船长见八条洗好牌，就叫八条扔骰子。他扭了扭脖子，咧嘴说，"哎哟，脖梁骨有点酸，怕是睡落枕了，八条，给我按摩一下。"

八条一边扔骰子、抓牌，一边伸出两条长长的机械臂，把爪子放在戴船长的脖子和肩膀上，噼里啪啦揉捏起来，节奏和力度拿捏恰当，手法利索，胜过人类按摩师。

"巴适……"戴船长满意地哼哼。

"八条，给我也按一哈。"余春水随即吩咐，"床板硬搓搓呢，把我的腰杆睡麻了。"

八条又从身体里伸出两条机械臂为他按摩起腰背。

"手法可以啊，就像正宗的马杀鸡①，安逸！"余春水扭着

———————
① 推拿、按摩。

腰，很是享受。

"它是机器人，应该叫机杀马……哎哎，脖子螺丝拐这里，使点劲。"戴船长一边享受按摩，一边理牌，吩咐八条，"你给小丁也搞一哈机杀马。"

八条伸出最后的两条机械臂为小丁按摩起来。

"一二三四五六七八，难怪叫它八条。"

小丁数了数八条的机械臂，见两条在打麻将，六条在做按摩，他憨笑起来。

"所以说嘛，八条天生就是个打麻将的东西。"戴船长显摆说，"智商二百五，它鬼精得很，会干的事可多了，还听话，喊它整哪样都可以，你娃来到我们飞船上，以后生活安逸了。"

"安逸个铲铲！"余春水没好气地说，"机器人把工作都干了，还要我们干啥子？以前，我们飞船上有九个人，工程师、领航员、医生，啥子岗位都有，打麻将摆两桌还不够，结果到现在三缺一，再往后飞船上怕是没得人了，全部用智能机器跑运输，我们怕是都要下岗。"

"咸吃萝卜淡操心，怕个锤子。"戴船长不以为然，"机器人会做事会打麻将，它会吃火锅吗？不会撒，它连沟子①眼都没得，吃不下去，拉不出来，再说了，我是船长，再咋个都不会下岗……八条。"

他打出一张焊。

"杠！"八条杠完，摸上一张牌是四条，"暗杠！"杠完，又摸上来一张两炱，"杠上开花，和了！"

---

① 屁股。

"清一色杠上开花，吓死老子了。"戴船长笑道，"幸亏是机器人和牌，没得事，我们接着来。"

"哦嚄，连打个麻将，我们都干不过机器人，完述了。"

余春水满脸沮丧："老戴，不瞒你说，我这是最后一趟跟船，上头一直没跟我续签合同，怕是要下课回家了，往后咋个整嘛。大男人苦不到钱，整天闲在屋里头，婆娘怕是要把我的鬼屎骂出来。"

"不要说些背时话，你好歹是个机械师，不让跑船嘛，你还可以修理机器人，上上螺丝，抹点油，把这些铁脑壳伺候好了，照样能苦钱。"戴船长调侃。

余春水反讽："老戴，就你这张嘴壳子，机器人都要认尿，以后你的岗位稳了，飞船上就剩你一个人，给你配个机器人婆娘，八条爪子给你天天搞机杀马，那才叫安逸。"

"猫抓糍粑，脱不了爪爪……和了。"小丁自摸一把。

"我就说嘛，四川娃儿打麻将也凶。"余春水摇头苦笑，打到最后只剩他和戴船长没和牌。

"洗牌洗牌。"戴船长不服气地说，"高手不和头三把，晓得不，瓜娃子拉屎头截硬，开始和得很风骚，后面输了要跳脚……八条，你咋个了？"

说话间，他见八条正在洗牌和按摩的手忽然停顿住，圆球身体一动不动，红绿灯闪烁，看起来非同寻常。

"死机了？"余春水见状吃惊。

"高压锅要炸了。"小丁害怕地跑开。

"铁脑壳短路了吧。"戴船长伸手拍了拍八条，"刚才叫你和得凶，所以说嘛，宁挨千刀剐，不要和第一把。"

突然，只见八条脑袋上的显示屏上弹出一个警示框：正在接收主舰传输数据，更新版本，升级智能系统。

随后它发出一阵刺耳的哔哔声。

"疯了疯了，机器人疯述了。"戴船长敏捷地抄起一壶茶水准备自卫。

"老戴，莫激动，人家在升级软件。"余春水说。

"懒牛懒马屎尿多，打个麻将都不得安逸。"戴船长抱怨。

"等一哈没得事，升级以后，说不定它的机杀马手法让你更巴适了。"

"要的，这个可以试试。"戴船长期待地看着八条。

哔哔两声鸣叫。

八条的新版智能操作系统升级完毕，绿灯闪烁，它发出主舰的呼叫信息："蜀山，蜀山，我是成都……代理船长，戴森同志请注意，现在通知你，把飞船管理权移交给智能机器人，由它担任船长，以减轻你们的工作负担。为了更好地完成飞船自动化管理模式测式，请你和全体船员遵守规定，务必配合机器人的管理，违反者扣工资，情节严重的将被辞退，晓得了吧？通话完毕。"

"啥子？！"戴船长傻眼了，"让机器人当船长？"

"开啥子国际玩笑？"余春水也蒙了，"哦嗬，这下背时了，锤子砸瓦罐，怕哪样来哪样，老戴，连你都要下课了。"

"你们怕个啥子？不就是机器人当船长嘛，不存在。"八条摇头晃脑，忽然口吐四川话，冲着他们侃侃而谈，"只不过，属于老子的时代到了，作为你们的新任船长，老子只要求你们听从命令，把二作弄巴适，保准你们比以前过得还安逸。"

"造反了，机器人敢称老子。"戴船长又惊又气。

"它还会说四川话，冲壳子①。"余春水也是吃惊，"机器人不得了，升个级这么凶！"

"四川话算哪样，老子会说100多个国家的语言，5000多种方言。"八条一阵冷笑，"你们这些瓜兮兮②的懒汉二流子，早就该被淘汰了，飞船上养一堆废物，也是上头对你们太仁慈，咋个说，工作都让老子干了，你们闲到起，还想闹哪样情绪？"

"反了反了。"戴船长气得浑身发抖。

"你要咋个整？"余春水问。

"务必配合机器人的管理，违反者扣工资，情节严重的将被辞退，晓得了吧？"八条重播了一遍上级通知，然后说，"老余，你不想被辞退回家被老婆骂，就要听我的安排。"

"好嘛！算你娃凶残。"余春水无奈叹气，"我早晓得有这一天，机器人要骑到老子头上拉屎了，如果它们有屎的话。"

"老戴，你咋个说，服不服气？"八条的摄像头盯着戴船长问。

"服个铲铲。"戴船长梗着脖子说，"我抗议。"

"抗议无效。"

"好嘛！你爱咋个整就咋个整，老子不管了。"

"你是哪个？"

"你个铁脑壳，不要逗老子鬼火绿③。"

---

① 吹牛皮，说大话。
② 傻乎乎。
③ 恼火。

"回答错误，扣三天工资。再问你一遍，你是哪个？"

"我是你祖宗先人。"

"回答错误，扣十天工资。老戴，你再像这样倔头倔脑地鼓捣起，你这趟跑船的工资会被扣个精光，还要倒欠伙食费一万块，光不溜秋地滚回家。"

"砍脑壳的东西，老子砸烂你。"戴船长抄起茶壶要拼命。

余春水急忙拉住他："莫激动，老戴，机器人没得感情，你砸坏一个，还有千千万万个，你还要赔钱，一台机器 500 多万呢，你怕是赔不起。"

"龟儿子太逗气了，掐老子的脖子。"

"抹抹脖子忍一哈，算了。"余春水劝说，"我们混口饭吃，你说的嘛，把这些铁脑壳伺候好了，照样能苦钱。"

"好嘛，听你的呢，憨批才跟铁脑壳较劲。"戴船长悻悻坐下，"跟它扯两句，就当老子在训练机器人嘛。"

"是撒，我都被你训练麻了。"八条一顿嘲讽，"每天被你吆来喝去，端茶倒水，智商都高达二百五了，谢谢戴船长栽培，但你要晓得，老子现在是船长，一船之长，你不要跟我嘀咕噜扯皮子，以后让你干啥就干啥，不要跟老子装憨带宝的哈！"

"哎呀，还学老子讲话。"戴船长被刺激得又恼火起来。

"你训练的嘛，不学你学哪个？"

"好嘛！算你娃凶残。"戴船长咬牙咽下这口闷气。

"你咋个说？"八条转动圆脑袋看向小丁。

"我没得事。'小丁一副低眉顺眼的样子，"我听领导安排。"

"这就对了，表现好，要加工资。坐下坐下，我们开干。"机器人说着开始洗麻将。

"还打麻将？"余春水瞪大眼。

八条说："麻将可以训练思维，陶冶情操，看人品德，我刚上任船长，我们打几圈增进感情嘛，老戴，你说是不是？"

戴船长冷哼一声。

八条说："爱打麻将，那就来撒，我可以边做事边跟你们打，工作娱乐两不误，保准给你们弄巴适了。"它一边洗牌，一边把长长的机械臂伸到飞船操作台上忙活。

"你倒是莫逗我们。"余春水和戴船长面面相觑。

"老规矩，血战到底，敢不敢来？"八条说，"我们打真的，输赢要认账，不敢打就认尿，乖乖爬起做个龟儿子，给老子道歉。"

"打就打，怕你个铁脑壳。"戴船长被激将上头了。

"老戴，等哈，莫激动。"余春水拦住他，然后对八条说，"你会看牌记牌，哪个打得过你？"

"我把摄像头关了，跟你们盲打。"八条说，"娱乐嘛，全凭运气。"

"哪个晓得你关没关。"余春水说，"除非找个东西，把你的摄像头蒙上。"

"可以，随便你。"

余春水对戴船长挤了挤眼，然后跟八条说："机器人没钱，如果你输光了筹码，咋个算账？"

"你想咋个都可以。"

"好嘛，你说的要认账，输了你就听我们的话，喊你干啥子就干啥子。"

"没问题。"八条爽快地答应了。

戴船长这才明白余春水的意思，顿时来了信心，他起身找蒙眼的东西，很快找来了一个装太空食品的包装袋，把八条的脑袋套个严严实实。

余春水伸手，在八条面前比画了个侮辱性的手势，但见它没反应。

"可以可以，开干。"余春水和戴船长相视而笑。

"还是我做东。"八条掷骰子，拿了麻将。它像麻神一样不用看牌，用手爪摸牌，盲摸出条子、筒子和万字，准确地把牌打出来。

"哦哟，高手，这招我也会……幺鸡。"戴船长摸牌，也是不看麻将牌面，他用大拇指一搓纹路，就知道是什么牌，他打出一条。

殊不知，八条的手爪上有精密感应器，牌到它手上一清二楚。它精于计算，只用了十亿分之一的算力，就把108张麻将牌的全部牌面计算了个明明白白，一切尽在掌握中。

不到半小时，三个人输得精光。

"你们的工资都没得了。"八条取下头套，得意洋洋地问，"服不服气？"

戴船长脸色如苦瓜，垂头丧气，不吭声。

"赌博是违法的。"余春水嘟囔了声，"输赢不能算钱，娱乐娱乐嘛。"

"晓得就好，你们在飞船上一天到晚搓麻将，我有录像作为证据，如果传出去，是不是要把你们辞退？"

"算了嘛，我们只是无聊耍一哈撒。"

"好吧，大家在飞船上相处好久了，弟兄呢，这事嘛，我可以睁只眼闭只眼，放你们一马。"

戴船长一听这话，松了口气，嬉皮笑脸地说："看你虽然是铁脑壳，还是有哈数①的，算是铁哥们。"

"但有个条件……"

"你说你说，啥子条件嘛，我们听你安排。"

"我虽然是机器人，但我也有情绪，工作上的事我都能干，不指望你们帮忙，就请尊重我一点，别随时呼来喝去的，行不行？"

"可以，没得问题。"

"以后我们平等相处，你不要说'老子'，我也不说'老子'，四川话幽默风趣，悦耳动听，但就是这个'老子'听了刺耳，让我不舒服。"

"可以，我再也不称'老子'了。"戴船长拍胸脯保证，"以后哪个再说'老子'，哪个就是龟孙子。"

"好嘛！一言为定。"八条伸出手爪跟他握手，"老戴，请你去帮我泡壶茶，要100度水温。"

"哦哟，不晓得你还会喝茶？"戴船长立马去烧水泡茶，给八条上茶。

"我不会喝。"八条举起茶杯，"就是意思意思嘛，八条以茶代酒，敬各位同事一杯，希望大家和睦相处。"它敬了大家一圈，然后把茶水倒回茶壶。

---

① 心里有数。

戴船长和余春水尴尬一笑。

随后，只听主舰传来信号呼叫："蜀山，蜀山，我是成都，飞船自动化管理模式测试结束，机器人管理权再移交给代理船长，戴船长，你晓得了吧？通话完毕。"

"哈哈……"戴船长惊喜，"原来是虚惊一场，吓死老……"他话没说完，反应过来，硬生生把"老子"二字咽下肚子，改口说，"哪个背时鬼搞的事，太造孽①了，拿我们训练机器人了。"

第二章　火锅

"好烦哦！天天吃这些干皮潦草的东西，一点胃口都没得。"戴船长嫌弃地看了看餐桌上的太空食品：宫保鸡丁罐头、袋装蔬菜等。

"老戴，飞船上就这种条件，撇得很，你就莫挑三拣四了。"余春水打开一袋麻婆豆腐、一袋口水鸡，浇在米饭上，尝了一口，"还可以，就是味淡了点，没得我们重庆菜麻辣鲜香。"

戴船长摆了摆手："在我们四川人面前，你就不要提重庆菜了，免得扯皮。"

余春水说："我老家在广安，川渝交界处，我也算是半

————————

① 可怜。

个四川人，公道点讲，渝菜比川菜更劲道，川菜的麻辣味太淡了。"

"你好意思说公道？"戴船长说，"吃着我们川菜的麻婆豆腐，嘴上还嘀咕噜水豆腐，嫌味淡，你舀两勺麻辣酱杵得嘴。"

"你以为我稀罕川菜？"余春水说，"仓库里有 200 多种太空食品，我眼睛找花了，没找到想吃的辣子肥肠，只得吃口川菜将就了。这种麻婆豆腐，吃起来淡哇哇的，一点辣味都没得，广东人吃了都摇头……"

一转眼，他见小丁拿着一盒重庆水煮肉片盖饭走过来，笑着道："老戴，你看看，川娃子吃的啥子。"

"叛徒！"戴船长瞪了眼小丁。

"戴哥，你要不要尝尝这个？"小丁傻乎乎地说，"又辣又麻，巴适得很。"

"这个水煮肉片，里面放了我们四川的郫县豆瓣酱。"戴船长对余春水说，"有本事不放撒。"

"当然可以。"余春水说，"我家的豆瓣酱是婆娘做的呢，用的是全国排名第一的辣子——重庆石柱朝天红，四川人一口干下去，保准辣哭了。"

"不要冲壳子了，重庆驴子学马叫，吹不到牛皮。"

"那就试试嘛。"余春水拿来一瓶从家里带来的朝天红辣酱，递给戴船长。随后，他还拿来一包纸巾、一盒牛奶，放在餐桌上。

戴船长打开辣酱，舀了一勺吃到嘴里，淡定地说："吃起来淡哇哇的，一点辣味都没得，广东人吃了说再来一瓶……"

"戴哥，你咋个哭了？"小丁见他脸红脖子粗，眼泪唰唰往下流。

"火辣火辣的辣酱,怕是让老戴想起了初恋的创伤。"余春水调侃着,给他递上纸巾。

戴船长抹了把眼泪,喝了牛奶,咂咂嘴说:"啥子辣酱,回味还有点酸溜溜的,我最怕吃醋了……老余,你婆娘做的辣酱只适合你吃。"

"你是嘴壳子硬,老母猪穿内裤,绷不住了撒,看我的。"余春水舀了勺辣酱抹在米饭上,大吃一口。

"余哥,你咋个也哭了?"小丁见他也是泪眼婆娑,涨红了脸。

"我想婆娘了……"余春水急忙喝牛奶解辣,缓口气,尴尬地说,"这个瓜婆娘,怕是往辣酱里放了炸药,哪个受得了。"

"我试试。"小丁好奇地搞了点辣酱尝尝。只见他眼睛发亮,赞不绝口,"巴适!太刺激了,辣得霸道!"他舀了一大勺辣酱抹在饭上,稀里哗啦吃起来,满头大汗,一副爽快的样子。

"还是瓜娃子凶!"戴船长和余春水不得不佩服。

不料过了会儿,小丁揉了揉肚子,表情痛苦。

"你咋个了?"

"肚子叽里咕噜疼……"小丁咧着嘴。

"你娃被辣到了吧?"余春水得意地笑,"我就说嘛,朝天红会辣死人呢。"

"憋不住了……我要放屁。"小丁站起身。

"憋住,憋住!"戴船长急忙说,"闹肚子的时候,不要相信任何一个屁。"

"咋个办？"小丁不停地吸气。

"上厕所撒。"

小丁"哦"了声，捂着肚子往卫生间跑去。

"这娃太耿直了。"余春水摇头，"一根肠子通屁股，没有弯弯。"

"重庆菜死辣死辣的，没得我们川菜香。"戴船长说着，见余春水不服气，就转头问在忙工作的机器人，"八条，你说句公道话，川菜和重庆菜哪个好吃？"

八条回了一句话："我认为密封储存 30 年的 98 号汽油比 95 号好，辛烷值高，可以让汽油发动机有更好的抗爆性。"

戴船长诧异地说："问你吃呢，你扯哪样汽油，铁脑壳又短路了啊？"

八条说："问一个不吃东西的机器人什么东西好吃，我不短路才怪。"

余春水笑起来："哦哟，八条升了级，会阴阳怪气损人了，老戴，它的意思是你脑壳有毛病。"

戴船长正要反击，忽见桌面电脑触摸屏上显示了一条通知：余春水，您有一条私人信息，请接收。

他顺手就要打开，余春水喊住他："莫动，私人信息。"

"私个铲铲，哪个晓不得是你婆娘。"戴船长打开信息。

屏幕上随即出现一个少妇在火锅店的视频。那是余春水的老婆，她边吃着串串，边冲着镜头说：

"老余，你胆儿肥了，不给老娘吱一声，闷到起就上船了。龟儿砍脑壳的，你是皮子痒了，莫以为上天了就抖起，信不信老娘分分钟铲死你……"

"不敢不敢。"余春水对着视频上的婆娘，赔笑说，"昨天是忙忘了发信息给你，你不要凶嘛，啥子事好好说。"

戴船长在一旁听了哈哈大笑："耙耳朵，这是录像，你婆娘又看不见你，你还怕她个铲铲。"

余春水瞅他一眼，只见视频上婆娘吃了口串串，接着数落：

"不要把老娘惹毛了，今儿再不告一哈你在做啥子，老娘把你皮子扒下来烫火锅。哦，对了，上次给你那瓶辣酱，是做火锅底料的，辣得很，火瞟瞟的，你不要憨戳戳地直接吃，肠子都给你辣脱了，提醒你一哈。你在船上要照顾好自己，吃点有营养的，没事锻炼一哈身体。还有就是，管到起你那张嘴壳子，少说屁话，多做事，多挣点年终奖回家来，拜拜！"

视频结束。

"你婆娘太凶了，隔着屏幕喷一脸吐沫。"戴船长摇头，"辣酱的事早点说嘛，我们就不会被辣哭了。"

余春水叹气："没得法，我这婆娘长得又矬，吃得又多，还啰里啰唆。"

"看她在火锅店吃得安逸，把我逗馋了。"戴船长吧嗒嘴。

"太空食品里有自热小火锅，你拿了吃撒。"

"那种太撇了，我要吃正宗的锅底，烫点新鲜菜打蘸水，那才叫巴适。"

"牛油锅底调料这些倒是有，可惜飞船上没得新鲜蔬菜。"

两人正说着，小丁回来了，听到余春水的话，小丁说："余哥，唐博士的种植箱里头有蔬菜，我上厕所路过看到了，他说是搞太空种植实验。"

"可以啊，我们跟他要点菜来吃火锅。"余春水也是嘴馋了。

"唐博士一看就是小家子气的人，抠得很，他怕是不会给。"戴船长眼睛一转，"除非他不晓得……"

"可以！"余春水会心一笑，做了个偷菜的手势。

戴船长眼珠一转，说："我去找唐博士，带他熟悉一下飞船上的环境，你和小丁趁机去搞菜。"

说完他就起身走了。两分钟后，他给余春水发来信息：整起。

余春水立刻带上小丁去唐博士的船舱。

进去一看，好家伙，整间房间就是个实验室，乱麻麻堆满了科研仪器设备，里头摆着一个硕大的种植箱，种了许多瓜果蔬菜，豌豆、白菜、黄瓜、番茄、生菜……一大片绿叶葱葱，水灵灵鲜嫩可口的样子。

余春水两眼放光，迫不及待地招呼小丁动手。

"瓜批①，瓜批……"角落里突然传来一阵刺耳的叫骂声。

余春水吓得一激灵，转头却见是一只绿毛鹦鹉在大声聒噪："两个烂贼，fool，西八亚路，che cazzo vuoi……"这是唐博士养的一只亚马逊鹦鹉，橙色眼睛，黄色嘴壳子，会说多种语言骂人。鹦鹉飞过来，嘴里叽里呱啦叫骂着，一双利爪攻击小丁的头。

小丁在房间里抱头鼠窜，撞倒了一台生物测析仪的电子温

----

① 傻瓜。

控设备。

慌乱中，余春水抓起床铺上的毯子，撒网一样兜住鹦鹉，把它塞到被窝里。鹦鹉扑腾几下不动了，发出一阵沉闷的叫骂声。

"上床睡觉了，绿毛小雀子，不要屁话多。"余春水哈哈一笑，正要偷菜，忽然闻到一股令人窒息的味道，"啥子东西？好臭！"

"余哥……"小丁抬起满是抓痕的脸，"我放屁了。"

"你娃吓出屎屄屄了，赶紧上厕所。"

小丁夹着屁股，一头扎进舱室里的卫生间，随着隆隆轰鸣声的响起，散发出一阵火辣火辣的臭味。

"太倒胃口了，完全是糟蹋我婆娘的辣酱。"余春水捂着鼻子，在种植箱里摘了些菜，迅速撤离现场。

另一边，戴船长领着唐博士参观各处船舱，去了一间储藏间，等唐博士进去，他突然从外面关上门，故意喊了一声："哦哟，门咋自动关上了？"

"咋个办呢？"唐博士被锁在里头出不来。

"等哈，我试试开门口令。"戴船长清了清嗓子说，"芝麻开门……芝麻开门……咦，咋会没得反应？唐博士，你不要慌，等我去叫八条来破解密码，给你开门。"

他贼笑着溜了，去了飞船上的太空厨房，和余春水碰头，二人当即动手整起火锅，备菜备料，熬制麻辣锅底。

"正宗的老重庆火锅，底料用牛油。"余春水说，"牛油锅底汤色红亮，味道浓厚饱满，可以更好地锁住食物的鲜味，比你们四川的清油锅底巴适……"

"少说屁话，你婆娘喊你管好你的嘴壳子。"戴船长手脚麻利，调了一碟蘸料，放上芝麻酱、蚝油、豆腐乳、小米辣……他问："小丁干啥子，咋还不来？"

余春水嘿嘿一笑："瓜娃子在厕所里吹喇叭，嘀哩嗒啦的。"

唐博士的船舱里。

倒在地板上的电子温控设备摔坏了，冷凝机供电组短路，形成高温电弧，引燃了周围物品，顿时着火，冒出滚滚浓烟弥漫房间。舱内有火灾感应器，探测到烟雾，发出警报声。

飞船智能控制系统紧急应灾，在船舱里释放出灭火剂，同时切断了部分线路。正在围绕着飞船中轴高速旋转、通过离心力产生重力的船员舱，缓缓停下来。

重力消失。

舱内没有固定的物体一下子飘浮起来。

小丁坐在马桶上正尽情释放，忽然间感觉身体一轻，整个人飘在了半空中。同时，排泄物也飘浮起来。小丁吓得哇哇大叫，手脚乱动，就像在奋力游泳。

太空厨房里，火锅煮得喷香扑鼻，二人流出口水，抄起筷子正要开吃。飞船忽然震动。

"老戴，你的口水咋个会往上喷？"余春水发现戴船长身体倾斜，口水冒出来变成圆溜溜的水珠，飘浮在空中。

"啊……我们失重了，咋个整呢？"

只见餐桌上的火锅也飘浮起来，蔬菜、蘸料、碗碟飘得满处都是。

"八条、八条，救命……"戴船长大喊大叫。

八条听到呼喊声，启动身上的推进器飞到厨房。它伸出机械臂一下抓住了戴船长和余春水。

"不要管我们，救火锅，救火锅……"戴船长急忙大叫，眼见火锅飘在半空中，锅里香喷喷的油汤溢出来，食物到处飞。

八条临危不乱。使出全部机械臂，上下挥舞，抄起火锅的盖子将汤水兜进锅，盖上锅盖，然后，它将所有飘浮的食物逐一收纳在篮子里，固定在舱壁挂钩上。同时，八条连线飞船控制系统，在扑灭舱内大火之后，立即启动飞船的重力离心机，让船员舱重新旋转起来，恢复了人造重力环境。

二人双脚落地，没什么大碍。

八条将火锅摆在餐桌上，锅里热气腾腾，几乎完好如初。只不过戴船长头上盖了一个油碟，满脸麻辣蘸水。

戴船长狼狈地察脸，随后看见火锅完好，便喜笑颜开地夸赞了八条。

"哈哈！火锅没得事，还有得吃。"

飞船系统检测到唐博士被锁在了储藏间，八条为他打开门。

唐博士回舱，看到满地狼藉，忙打开监控录像，发现了二人闯进来偷菜的场景，顿时怒不可遏，随后又见鹦鹉从被窝里钻出来，大声聒噪："瓜批，烂贼，你个先人板板……"

唐博士怒气冲冲地来到厨房，对着戴船长和余春水就是一顿臭骂："你们搞个锤子，胆子肥了，竟敢来偷菜、放火，还差点捂死了我家小宝。"

鹦鹉跟着骂：'砍脑壳的！"

"唐博士，莫小气嘛！"余春水讪讪地说，"我们就拿点菜吃个火锅。"

戴船长满不在乎地说："就是撒，你种那么多菜，总归要吃的嘛，养老了也可惜，不如给大家尝尝鲜。"

"这是国家财产，晓得不？"唐博士气极反笑，"太空蔬菜是用来搞科研的，价值几十万，你们就这么糟蹋了。"

"几十万！哦哟……"戴船长惊讶地说，"难怪嫩生生的好吃，巴适。"

余春水打圆场说："唐博士，反正菜都下锅了，你来尝一哈，亲手种的菜味道怎么样，就当做实验了。"

唐博士气得一时间不知道该怎么说了，随即，他闻到火锅飘香，不禁食指大动，于是忍不住走过去，夹了一筷子菜吃起来。

"感觉咋个样？"余春水说，"牛油锅底，用了我婆娘做的辣酱。"

"嗯嗯……巴适得板。"火锅鲜美麻辣又层次丰富，香辣味充盈舌尖，让唐博士浑身通透，当即甩开膀子大吃起来。

戴船长和余春水见状嘿嘿直笑，俩人也不客气了，围上去就是一顿吃。

"啥子臭烘烘的？"

正吃得欢，忽然传来一股令人恶心的气味。

随后见小丁一头扎进来，浑身湿淋淋，满脸红白黄绿，惊慌叫嚷着："不好了，不好了，马桶炸了，屁屁飞起来了……"

第三章　救援

"你娃发啥子呆，想妹子了啊？"

戴船长、余春水、小丁三人在船舱休息区打牌。"快点出牌。"戴船长催促小丁，"你娃死磨死磨呢，脖子都等酸了。"

小丁输了十多把，每输一次脸上就被记号笔涂一笔，整张脸被涂得乌七八糟。这把他拿了王炸做地主，但单牌有好几张，他不知道该怎么出，犹犹豫豫的。

"家有三四五，莫去当地主。"余春水看穿了他的牌面，"你娃见到大小鬼就手痒，不输麻了才怪。"

"妹子要会浪，打牌要奔放，输赢无所谓嘛，赶紧冲。"戴船长又催。

"我要是有妹子就安逸了。"小丁打出一张黑桃三，咧嘴说，"天天跟妹子在一起，叫我做啥子都可以。"

"你娃发春了，绿油油流口水，还晓不得女人是妖精，给你吃了不吐骨头。安逸个铲铲。"戴船长打出一张二。

"不要。"余春水过了牌，调侃说，"老戴，莫非你初恋也是个妖精，弄得你五迷三道、半死不活呢？所以你现在还单起，黄瓜都养老了。"

"呸！屁话多。"戴船长见小丁拆了王炸，打出一张小王，他就抽了四张Q甩下去，"我甩你一炸，四个婆娘，炸翻。"他对余春水说："老余，如果你有四个婆娘，天天给你捶头捏脚，是不是就更安逸了？"

"要不起。"余春水连连摇头。

"不要。"小丁一脸无奈，"咋会动不动就炸？"

"男人不坏女人不爱，我再打个三不带。"戴船长甩牌。

"不要。"

"飞机带翅膀，走起。"

戴船长很快走完了牌，把小丁打成了春天。他洋洋得意地说："你娃拿一手好牌打得稀烂，如果输赢算钱，要把你娃裤儿都戳脱了。"

唐博士来泡咖啡，那只绿毛鹦鹉站在他肩膀上，冲着几人聒噪："瓜批，瓜批……老子捂死你个先人板板……"

"小宝，不要惊抓抓的①。"唐博士安抚它，"那些人都是神戳戳②的，不值得生气。"

"砍脑壳的，瞅啥子瞅，看老子咋个收拾你个龟儿子……"鹦鹉跟随唐博士走了，一路骂声不绝。

"哦哟，小雀子凶了扯闪。"戴船长笑道。

小丁正要洗牌接着打，余春水摆了摆手："不要了，跟你娃打牌一点优越感都没得，我去健身。"他站起来伸了个懒腰，到旁边一架太空漫步机那里，踩上器械，看着屏幕上的地球新闻报道，用最低配速运动模式，慢吞吞地踩动漫步机。

"耙耳朵，还真听婆娘的话。"戴船长感叹，"平时懒得烧蛇吃，这哈他居然动起来了。"

---

① 大惊小怪。
② 发神经（神经兮兮）。

"戴哥，我要是有婆娘，我可以飞起来。"小丁说，"婆娘喊我往哪里飞，我就往哪里飞。"

"你娃放风筝喔，这种不得行。"戴船长摇头，"男人要腰杆硬，有本事站得起，女人才会喜欢。"

"戴哥有经验嘛，教我咋个追妹子。"

"首先要有妹子，咋个说，你有没有看上眼的对象了？"

"家里给我介绍对象，我个个都看得上，就是没人看得上我，她们说我老实巴交呢，只适合做朋友。"

"那后来跟你做朋友了没得？"

"没得，她们说话不算数，都把我拉黑了。"

"我就说嘛，这些女人都是喝米汤用筷子，假得很。你老实有个屁用，你要有本事，要有钱，不用你追，她们就会来盯起你，七手八脚，保准把你娃的裤带都扯断了。"

"要咋个办呢？"小丁有点迷糊。

"老戴的意思是，你要有本事有钱，就会有妹子了。"余春水接话，"他一直大龄单身，就是因为没钱没本事哈。"

"你真是屁话多过文化。"戴船长说，"我单身，主要是因为对女人要求高，要有脸蛋、身材、素质，温柔贤惠，才配得上我嘛，我好歹也是个船长。如果只是那种凶巴巴的婆娘，大嗓门整天吼到起，我宁愿单个过一辈子。"

余春水冷笑两声："那你就别指望讨婆娘了，这辈子孤单寂寞冷。"

"八条，你过来。"戴船长招呼正在忙碌的机器人，"没得婆娘，你会不会感到孤单寂寞冷？"

"我是应用型机器人，没有设置性别。"八条说。

"瞧你一个铁脑壳，屁股光秃秃的，我当然晓得你不男不女，我是问你没有同伴，会不会感到孤单。"

"当然不会。"八条说，"我还有你们，尤其是你，戴船长，整天在我旁边叽里呱啦冲壳子，我的工作环境充满了 60 分贝的高频率噪声，让我情绪稳定，没空孤单。"

"就是撒，工作让人充实，只有某些闲人懒汉才会想婆娘，想到孤单寂寞冷，半夜三更睡不着，滚来滚去把床板都搓烂了。"戴船长瞥了眼余春水。

"爱情是什么东西嘛。"戴船长问八条，"你晓不晓得？"

"两个生物在一起交配繁殖，吃喝拉撒睡。"

"你能不能说点人话？"

"生命是花，爱情是蜜。"八条说，"没有爱的人生叫活受罪。"

"机器嘴里吐不出啥子好话，不过嘛，说得也对。"戴船长拍了拍小丁的肩膀，"我两个没得妹子爱，都是苦哈哈的娃。"

"戴哥！"小丁一把搂住他，差点哭了。

"幺妹儿啊，幺妹儿……"余春水踩着漫步机，唱起了四川民歌，"你是天上的月亮，我是月边的星星，不管你是圆是扁，我都不停地对你眨眼睛；幺妹儿，你是天上的叮叮猫儿，我是地上的推屎爬儿①，你在天上翻跟斗儿，我在屎里打迷头……"

戴船长跟着唱："幺妹儿啊，幺妹儿，我相信我们的爱情一定像白莲花一样越裹越紧，像粪瓢杵粪坑一样越处越深……"

---

① 屎壳郎。

小丁喊了一嗓子："我的幺妹儿哟！我在等你来找哥。"

这时候，八条发现飞船探测到一个不明飞行物，悬浮在前方航线上，与之通信联系没有任何反应，也没有信息识别码，那飞行物只是在断断续续发出一点微弱信号，因为距离远，无法解读信号内容。

"警告！发现航线上有不明飞行物，距离 12800 千米，撞击概率为 0.15%，注意！在紧急情况下，飞船可能需要转向避让。"

八条启动了"蜀山号"飞船的紧急避险自动操控程序。

"戴船长，请你过来，辅助我做图像探测识别。"

"啥子东西嘛？"

戴船长来到驾驶舱操控台，见屏幕上出现了雷达探测器及光学传感器捕捉到的飞行物影像，探测数据显示，它宽约二米，高一米多，长四米，看起来像一个长条形盒子，跟一辆车差不多大小。

不明物整体密封，向阳面反射着金属光泽。它看似没有动力，缓缓飘浮在太空中，做着不规则的翻转运动。

"智能识别，大概率是一个微型无人飞行器。"八条说，"戴船长，你目测下，那是什么东西？"

"我看着嘛……像是一个棺材板。"戴船长说。

"你不要扯把子了，太空里哪来的棺材？"余春水跟过来说，"我看像飞船上掉落的啥子部件。"

"会不会是外星人？"小丁问。

"有可能。"戴船长说，"棺材里头装着一个外星女人，圆溜溜的大眼睛，绿油油的皮肤，我们把它捞起来，给你做婆娘。"

"好嘛。"小丁兴奋了,"戴哥,先说好了,你不要跟我抢。"

戴船长忍不住笑道:"外星人也要,你娃想妹子想疯了。"

余春水说:"带一个外星婆娘回家,你妈怕是要吓出心脏病。"

"我妈早就说了,只要我能找到对象,就算是非洲大猩猩都可以。"

"憨娃子,你妈是在逗你呢,千万莫当真。"

"那是一个逃生舱。"八条忽然说,"发出的是空难求救信号,舱内应该有人。"

"蜀山号"飞船探测到逃生舱附近飘浮着一些微小的岩石、金属残片,智能系统分析,可能是一艘载人飞船遭到了太空岩石碎块的撞击,在飞船被摧毁时,弹出了一个逃生舱。

"快救人啊。"戴船长急忙说,"停下飞船,我们把它捞上来。"

"不行。"八条说,"我们是运输飞船,不能执行太空救援任务。"

"咋个办呢?"

"我们报告主舰,发送逃生舱的坐标信息,请求上级派救援飞船。"

"怕来不及,万一它飘走了呢?"戴船长说,"发挥你的二百五智商,想想办法撒。"

八条说:"我的职责是维护'蜀山号'飞船,不能擅自做其他的事。"

"你这个铁脑壳，灵活变通一哈嘛，我是船长，现在命令你想办法救人。"

"对不起，我的程序设定了，我只能对船员的安全负责，其他人不管。"

八条拒绝执行救援任务。

戴船长见说不通它，赶紧打开通信器呼叫主舰："成都，成都，我是蜀山，我们发现了一个飘在太空的逃生舱，里头有人，请批准我们立刻进行救援。"

八条随即将探测到逃生舱的情况发送过去。

等了一分多钟，主舰回话了。

"蜀山，蜀山，我是成都，我们收到信息了，请你们继续保持正常航速前进，这事由我们来处理，晓得了吧？通话完毕。"

"处理个锤子哦。"戴船长急眼了，"他们隔着十万八千里呢，等杀过来，黄花菜都凉了。"

"主舰距离我们725万千米。"八条纠正说，"救援飞船以每秒40千米高速航行，大约50个小时就可以来到了。"

"铁脑壳，我说的'十万八千里'是形容词，你不要给我装憨。"戴船长说，"你算一哈，如果有人在逃生舱里，能活好久？"

"如果维生系统正常，逃生舱能保障人的生命维持至少20天时间。"

"万一它已经飘了19天，不赶紧救起来，不是要出事了吗？"

"是有这种可能。"

"那你还不赶紧想办法救人？"

"不行，我没有救援行动授权。"

"锤子铁脑壳……"戴船长骂骂咧咧，问余春水，"你说咋个办？"

"没得法。"余春水摊摊手，"我们都没本事到飞船外面……除非也坐上逃生舱蹦出去。"

"然后呢？"

"然后在太空里，陪着它一起漂流，等救援。"

"不要扯皮了，我给你毛起。"

"戴船长，如果是你的逃生舱飘在外面，我会想办法救你。"八条忽然说，"我对船员的安全负责。"

"啥子意思？"戴船长没反应过来。

"发挥你92的高智商想一想。"八条提醒了一下，"我可以同时展开救援行动。"

"哦，我晓得了！"余春水恍然大悟，"老戴，你坐逃生舱蹦出去，然后八条救你的时候，可以顺便救那个人，就像甩一竿子出去，钓起两条鱼。"

"好嘛！"戴船长连连点头，"我们去找逃生舱，行动起来。"

"你还真敢去？"余春水有点吃惊，不禁佩服他的勇气，"万一出了岔子，救援失败，你不是白白牺牲了嘛。"

"乌鸦嘴，我们赶紧走。"戴船长毫不迟疑，立刻就去启动"蜀山号"飞船上的紧急逃生装置。

"注意安全，保重！"余春水打开了逃生舱的防护盖。

"一级警报，逃生舱开启……"控制系统触发警报声响彻船舱。

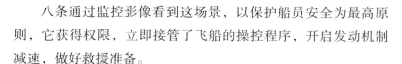

八条通过监控影像看到这场景，以保护船员安全为最高原则，它获得权限，立即接管了飞船的操控程序，开启发动机制减速，做好救援准备。

"你去吧。"

戴船长拍了拍小丁的肩膀，严肃地说："现在到了考验你工作能力的时候，躺到逃生舱里，等一哈，我们把你捞起来，很容易的。"

"戴哥，你是让我去？"小丁说，"是不是有点危险？"

"没得事，不存在啥子危险。"戴船长说，"哪个去都一样，只不过我是船长，要留在飞船上指挥。"

"你指挥有方，真是有勇有谋！"余春水冲戴船长竖起大拇指。

小丁钻进逃生舱，恳求道："戴哥，我们先说好了，如果救上来的是个妹子，你不要跟我抢。"

"好嘛！"戴船长憋住笑，连连点头。

"谢谢戴哥！"小丁临行前又说了一句话，"如果我牺牲了，跟我妈说，我是个救人的英雄。"

随后，逃生舱向外弹射出去，飞往茫茫漆黑太空。

"憨娃儿，唉……"戴船长叹口气。

"老戴，你是不是感觉胸口有点疼？"余春水说，"有一种叫良心的东西在矍你的脊梁骨。"

"屁话多。"戴船长翻了个白眼，"信不信老子一脚让你射出去。"

返回驾驶舱，他急吼吼地跟八条说："救命！救命！小丁飘出去了。"

"晓得了，戴船长，你真是有勇有谋。"八条说，"我要关闭重力装置了，你们站稳。"它伸出机械臂抓住戴船长和余春水，停下人造重力离心机，让整座船员舱停止旋转。随后，它调整"蜀山号"飞船的飞行姿态，缓缓接近弹射到太空中的逃生舱。

飞船外。

船壳上折叠的大型机械臂，像塔吊一样展开，顶端探出一段带机械手的牵引绳，准确射向逃生舱，牢牢抓住了逃生舱并拉回来。

"我就说嘛，像钓鱼一样轻松，不存在危险。"戴船长失重飘浮着，兴奋地喊叫起来。

"老戴，那是我说的话，不要捡粑鸡儿。"余春水哼了声。

小丁的逃生舱被送回来后，八条依法操作，控制飞船接近太空里漂流的那个逃生舱，也把它拉回来。

船员舱重新旋转起来，恢复了人造重力环境。

"大功告成，结局完美。"

戴船长呼叫主舰，报告说："成都，成都，我是蜀山，在我的指挥下，我们把人救上船了，不用你们操心，晓得了吧？通话完毕。"

忽然传来一股臭烘烘的气味，但见唐博士浑身湿淋淋地过来，嚷嚷说："咋会又失重了？搞啥子哟？"

他那只绿毛鹦鹉飞在半空中，愤怒地冲几人大叫："瓜批、瓜批……"

第四章　妹子

　　逃生舱进入"蜀山号"飞船，检测发现舱内有一个全身包裹防护服的女人，八条将她转移到飞船医疗舱，做隔离检查。

　　三人等候在门外。

　　"想不到还真是个幺妹儿。"小丁兴奋得红光满面，"她好漂亮哦！"

　　"你娃不要瞎激动。"戴船长说，"现在只晓得是个女的，你就说漂亮，万一她又老又丑，你不是白开心了嘛。"

　　"那也比非洲六猩猩好点。"余春水调侃说，"小丁牙口好，生冷不忌，只要是个单身女人，就可以追了嘛。"

　　"咋个追？用香蕉吗？"戴船长比画了一个喂大猩猩吃香蕉的动作。

　　"只要她高兴，我把心掏出来给她。"小丁陶醉地说，"她以后是我的心上人了，戴哥，说好了，你不要跟我争。"

　　"嘻！"戴船长哭笑不得，"你娃要不要我扣着沟子向你发誓？"

　　"要呢。"

　　"你娃还当真了……好嘛，我发誓不跟你争妹子，但如果妹子非要跟我好，甩都甩不脱，那我也没得办法拒绝，是吧？"

　　"妹子咋个会要跟你好？"

"我是船长，有勇有谋，幽默风趣四川第一，没有女的见到我不动心，一颗羞答答的小心脏扑通扑通跳。"

"但你都不稀罕，所以单身 30 年。"余春水说。

"是呢，这么多年了，我一直在默默等待，等一个机缘。"

"戴哥，你说啥子鸡？鸡肝，还是鸡肠子？"

"机缘，晓不晓得，那是老天注定的一种缘分。"

"我不要鸡，我要妹子，我要妹子……"小丁激动起来，抓住戴船长的衣服，"她是我拼了命救起来的，是我的心上人，你不要跟我抢。"

"好了好了，莫闹了。"戴船长哄他说，"上头喊我们把她带去太阳核电站，路上三个多月时间呢，你有的是机会追妹子，但我提醒你，人家是乘客，对她礼貌点，注意素质，不要露出一副要吃奶的馋样，敢非礼她，我一脚就让你娃射到太空里飘起。"

"晓得了，我会温柔地对她好。"小丁憨笑。

"咋个还不出来？"余春水说，"检查半天了。"

"八条，你在做啥子？好了没有？"戴船长打开通话器问。

"她头部受伤，我在为她治疗。"八条回话，"她的身体基本健康，生理状况良好，只是记忆方面有些问题，可能是空难事故造成的，她想不起自己的名字和经历。"

"她失忆了啊？"余春水问。

"是的。"八条说，"她损失了几乎全部的长期记忆，包括情景记忆、陈述性记忆，以及关联信息认知记忆。"

"她是不是单身？"小丁问。

"你个瓜娃子，人家连自己的名字都想不起来，咋个晓得是不是单身？"戴船长说。

"想不起名字没啥子，我们可以叫她幺妹儿。"然后小丁冲着通话器，迫不及待地问，"八条，她有多大年纪？会不会说话走路？叫她出来和我们见个面嘛。"

"嘿，你娃真要相亲了哈。"戴船长说，"八条，你不要听小丁瞎扯，好好治疗她。"

话音刚落，只见舱门打开，一个少女出现在他们面前。

"大家好，谢谢你们救了我。"少女眼波流转，笑吟吟地说。

她美丽端庄，充满了动人的青春朝气。

"幺妹儿……"小丁一下子就被她迷住了，喃喃说道，"是个仙女哦。"

戴船长和余春水被少女近乎完美的模样惊呆了，两人张着嘴，一时间说不出话来。八条随后出来，为她介绍说："这位是戴船长，名叫戴森，是我们'蜀山号'飞船的代理船长。他们为你取了个新名字，叫幺妹儿。"

"你好，戴船长。"她大方地伸出手，"很高兴认识你们，还为我取名。"

"你好……幺妹儿。"戴船长受宠若惊，握了握她的手。

"幺妹儿，幺妹儿……"小丁急忙挤上前说，"你的名字是我取的，是我拼了命救你。我叫丁乙，甲乙丙丁的乙，我今年24岁，是四川乐山的，还没谈过恋爱，我会做饭炒菜，会做家务活儿。"

"你好啊！丁乙，你的名字好简单。"幺妹儿嫣然一笑，似乎觉得有趣。

小丁连连点头道："是啊，我的名字只有三个笔画，我妈说搞复杂了，怕我写不来……"

"打住打住。"戴船长说，"你娃话多了，越说越扯拐。"他指了指余春水，跟幺妹儿介绍说，"他是老余，已经结婚了，比较怕婆娘，我们叫他耙耳朵。"

"你好！耙耳朵。"幺妹儿顺着他的话说。

余春水被噎得一口气上不来，狠狠瞪了戴船长一眼，转过头，他笑眯眯地跟幺妹儿握手："我叫余春水，是飞船机械师。"

"机械师是做什么的？"幺妹儿好奇地问。

"他啥子都不是，整天只是好吃懒做。"戴船长说。

"老戴！"余春水恼怒地说，"戴森同志，你莫昏了头搞错对象，我可不是你的竞争对手。"他朝小丁努努嘴，"那个才是。"

"哦！是呢是呢，对不起了，老余。"戴船长忙不迭地道歉，然后说，"老余是我们飞船上重要的技术骨干，经验丰富，聪明绝顶，是他出主意，把你从太空里救上来的。"

"你可以叫我余哥。"余春水扬起毛发稀疏的头。

"余哥好！"幺妹儿说，"我失忆了，请以后多关照，教我做事。"

"我可以帮你。"小丁急忙说，"有我在飞船上，啥子事都不用你做，我保准里里外外都给你做好了，我可以为你作牛作马，为你洗衣服……"

"好了好了，不要冲壳子了。"戴船长打断小丁的话，然后问幺妹儿，"你在太空飘了几天，肚子饿了吧，要不要吃点东西？"

幺妹儿点了点头。

"你娃赶紧去帮幺妹儿拿点吃的。"戴船长吩咐小丁，"我们带她去休息一哈。"

"幺妹儿，你喜欢吃啥子？"小丁问。

"我忘了喜欢吃什么。"幺妹儿迷惘地说，"很多事我都忘记了。"

"没得事，我都拿来给你尝尝。"小丁一溜烟跑去飞船储藏间。

戴船长带幺妹儿去飞船驾驶舱的休息区。

"请坐请坐！"戴船长拿来牛奶、果汁，泡上咖啡和热茶，拿出一些零食堆满了餐桌，"这是可以喝的，这些是吃的，土豆片嘎嘣脆，小饼干喷喷香。"

"我知道饮料和食物。"幺妹儿说，"我只是忘记了是什么味道。"

"那就都尝尝。"戴船长说，"失忆也不是啥子大毛病，人生一切重新开始，干啥子都像初恋，巴适哦。"

"老戴，你初恋的味道是不是像一杯苦咖啡？"老余说。

"你的初恋是啥子？"戴船长说，"一碗隔夜的酸辣粉。"

"酸辣粉我最爱吃。"老余说，"我婆娘也爱吃，我就是她的酸辣粉。"

"醋劲太大了嘛，难怪你身上有股馊味。"戴船长贬损了他一句，转头对幺妹儿满脸堆笑说，"你晓不晓得你是哪里的人？"

幺妹儿喝着果汁，摇了摇头。

"那你咋个听得懂四川话？"

"不知道啊。"幺妹儿茫然不解，"有些事我好像天生就会了，但想不起来是怎么学会的。"

"这样也好，没烦恼。"戴船长感慨地说，"想当年，我的……苦咖啡就是记性太好了，针尖大的事都给我记到起，一不高兴，就垮下脸来跟我算账，好烦哦。"

"要说记性，我的酸辣粉才叫厉害。"余春水说，"我有次抽烟，不小心把她的磕膝头烫了个泡，她一直念叨起，我都戒烟五年了，我们毕业快十年了，她还在念，好烦哦。"

"来啦……"说话间，小丁扛着一大箱子食品过来，急吼吼地说，"幺妹儿，你想吃啥子？"

箱子沉重，小丁走得急，脚下不稳一下子摔倒了，箱子里的食品散落一地。

"少拿点撒。"余春水过去帮他收拾，"搞这么多东西来，十个人都吃不掉。"

"你摔伤了吗？"幺妹儿问小丁。

"没得事，只是崴了哈脚。"

小丁疼得龇牙咧嘴，但见幺妹儿关心自己，开心地嘿嘿笑。

"我帮你揉揉。"幺妹儿蹲下来为小丁按摩脚踝。

"幺妹儿，你太好了，谢谢啊！"小丁感动得一脸幸福迷醉的表情。

戴船长收拾好地上的食品，抱起箱子，忽然脚下打滑，一屁股坐在地上，他嚷嚷起来："哦哟，腰杆断了。"

"你咋个了嘛？"余春水去扶他。

"莫动莫动……"戴船长摆手说，"太疼了，让我缓口气。"

余春水明白过来，调侃道："我看你是啤酒肚冒充孕妇，装样呢。"

"我来帮你揉揉。"幺妹儿过来为戴船长揉腰杆。

"哦哟……"戴船长哼哼唧唧，露出了舒爽的表情。

"哎呀哎呀……好痛。"小丁抱着脚叫起来。

幺妹儿正要过去看小丁，只听戴船长抖动着腿叫起来："糟了糟了，脚抽筋了，疼死我了。"一时间两人躺在地上大呼小叫，搞得幺妹儿左右为难，不知所措。

"我来帮你们。"八条过来，伸出四条机械臂为两人一顿按摩。

"可以可以，好多了。"戴船长一骨碌爬起来。

小丁也不喊疼了，精神抖擞地站起来，打开几盒食品拿给幺妹儿吃。

"八条的手法就是好，包治百病，可惜力道差了点。"余春水对戴船长说，"换作是我，保准把你尿都按出来。"

戴船长没空搭理余春水，屁颠屁颠地去跟幺妹儿献殷勤，给她开了一袋红烧牛肉面，烧水泡面拿筷子。他和小丁就像两只苍蝇叮鸡蛋，为幺妹儿忙前忙后，转眼间，在她面前摆了一堆食品，就差动手把食物喂到她嘴里。

余春水被撂在一边，实在看不下去这种场面，就回房间跟婆娘发视频，汇报每日生活情况。

唐博士来泡咖啡，看到戴船长和小丁围着幺妹讨好。"他们在做啥子？"唐博士问八条。

八条回答："一种生物本能，见到喜欢的异性，想办法求偶。"

"逃生舱里救上来的，是这个小姑娘？"唐博士打量着幺妹儿，疑惑地说，"这么年轻漂亮，咋会一个人流落太空？她的同伴呢？"

八条说："没有同伴，她独自乘坐一艘'探索号'科学考察船，在距太阳1.51个天文单位，近距离伴着一颗国际编号为1957UN1的小行星飞行，做采样探测，发生了意外，科考船遭到小行星上脱落的岩石撞击，她坐逃生舱避难。"

"她不是人吧？"唐博士发现不对劲，"咋个会让一个小姑娘单独执行这么危险的太空任务？"

"你猜得没错。"八条见瞒不过他，就如实说，"她是一个仿生人，来自月球科研基地，是最新研制的SO22AI型人工智能生物，她的外表和生理结构跟人的一样，只不过，她的大脑是光量子计算芯片，可以模拟人类基本行为。"

"难怪了。"唐博士笑起来，"他们还晓不得这事吧？"

"仿生人技术属于保密信息。"八条说，"上级命令我不要主动泄密，让我删除她的数据库信息，只保留一些初始化程序记忆。"

"也就是说，她现在也晓不得自己是仿生人？"

"是的，她以为自己头部受伤失忆了。"

"两个哈儿，怕是以为天上掉仙女了，哈哈！"唐博士见戴船长和小丁在拼命讨好幺妹儿的滑稽样，不禁笑了。

"你们对我太好了。"幺妹儿抬手挡住两人递过来的食物，"但我实在吃不下去了。"

"那就休息一哈。"戴船长塞给她一盒酸奶，"喝点酸奶帮助消化。"

"谢谢！喝不了了。"幺妹儿连连摆手。

"幺妹儿，你觉得我们哪个更好？"小丁问。

"都好。"

"你想一想嘛！"小丁追着问，"你更愿意跟谁在一起？"

戴船长干咳一声，挺直了腰。

幺妹儿看了看两人，犹疑了一下，忽然转眼看向在忙工作的八条，"我想跟它在一起。"

"八条？它是个机器人嘛。"小丁大吃一惊。

"不是吧。"戴船长顿时傻眼，"那个不男不女的铁脑壳，你咋会喜欢？"

"一种特别的感觉……"幺妹儿的眼眸泛着别样的光亮，她站起身，走到八条身边，柔声说，"我想和你在一起，可以吗？"

八条没回话，身上红绿灯闪烁不定，发出两声哔哔电子音。

"知道了。"幺妹儿莞尔一笑。

小丁和戴船长看得目瞪口呆。

"爱像一道光，电到你发慌。"唐博士笑道，"正负电子相互吸引，太科学了。"

第五章　失恋

"我失恋了。"戴船长垂头丧气地对余春水说，"这次伤得最深，人生都没意义了。"

却见余春水拿出一副墨镜戴上，反问他："你看我像不像盲人？"

"你做啥子？"戴船长疑惑道。

"我跟婆娘说了，我们飞船上来了个漂亮妹子，我婆娘就吃醋了，不准我跟幺妹儿说一句话，不准看她一眼。"余春水摊了摊手，"没得法，我只能装瞎。"

"想不通，幺妹儿咋个会喜欢机器人？"小丁愣愣看着飞船操作台那边，幺妹儿和八条在一起聊天。

"人家失忆了嘛。"余春水安慰小丁，"她连自己喜欢吃啥子东西都忘了，也可能会搞错对象，不晓得机器人是个啥子东西，等她以后想起来就好了嘛。"

"余哥你说得对。"小丁听到这话一下子想通了，抬手抽自己一巴掌，"幺妹儿真可怜，我不该怪她。"

"就是撒。"余春水说，"机器人只是个铁壳壳，它又不能讨婆娘，你跟它吃啥子醋嘛。而且，你想一哈，幺妹儿连八条这么丑的东西都喜欢，说明你也有机会，让幺妹儿爱上你。"

小丁听了精神大振："是呢，不管三七二十一，我要一心一意对幺妹儿好。"

"你娃不要打错算盘了。"戴船长说,"我觉得幺妹儿喜欢有头脑有知识文化的,八条虽然是个铁脑壳,但跟我一样上知天文下知地理,啥子都精通。你个木脑壳,憨戳戳的,幺妹儿咋个都不会看上你的。"

"戴哥,你不要小看我。"小丁举手握拳发誓,"为了幺妹儿,我可以学知识文化,以后成为一名科学家,我要跟幺妹儿结婚生娃,让你一辈子失恋。"

"哈哈……可以嘛。"戴船长嘲笑道,"等你成为科学家,结婚那天,我保准送你个大红包,做你的伴郎,敲锣打鼓去讨婆娘。"

"要的!"小丁嚷嚷道,"我要学习,我要读书,我要成为科学家。"

"去去去。"戴船长挥挥手,"你去找唐博士,问问人家是咋个读书的。"

"幺妹儿,等着我哦!"小丁深情地看了眼幺妹儿,然后还真就去找唐博士了。

"光巴子打领带,这娃儿还真是直冲。"余春水感叹。

随后,只见幺妹儿向他们走过来坐下,嘟着嘴喝果汁。

"幺妹儿,你咋个不开心了?"戴船长问。

"我失恋了。"幺妹儿满脸失落的表情,"八条说机器人不能谈恋爱,叫我走开,不要影响它工作。"

"啊!"戴船长愤然道,"这个铁脑壳渣男。"

"我好难受,感觉人生没有意义了。"幺妹儿一副失魂落魄的样子。

"你还有我嘛。"戴船长说,"你失恋,我也失恋,我们刚好凑成一对。"

"不要。"幺妹儿摇头，"我只想跟八条在一起，虽然它让我伤心，但我还是想它。"

余春水在一旁装瞎子，听到这话忍不住偷笑，他跟戴船长说："你问一下幺妹儿，机器人到底有啥子魅力，让她喜欢。"

"你自己咋个不问？"戴船长没好气地说。

"我婆娘不准撒，我只能在幺妹儿面前装聋作哑扮盲人。"余春水抬手摸索戴船长的脑袋，"可怜可怜我吧，我啥子都看不见，眼前一片乌漆嘛黑。"

"不要烦我，瓜不兮兮的①。"戴船长推开余春水的手，问幺妹儿，"你觉得八条哪里好？"

"它有坚硬的身体，柔软的手臂。"幺妹儿看向在专心做事的八条，痴痴地说，"还有那种充满磁性、带电的声音，让我着迷。"

"它是个铁壳壳，没得灵魂啊。"戴船长说。

"谁说它没有灵魂？你看它亮闪闪的外壳，泛着智慧的光芒。"幺妹儿动情地说，"好迷人啊！"

戴船长哑然无语，和余春水面面相觑。

余春水拿起一个泛着金属光泽的不锈钢水杯，对戴船长说："你问一下幺妹儿，这个亮闪闪的东西好不好看。"

"幺妹儿，你喜不喜欢这个杯子？"戴船长问。

幺妹儿的心思在八条身上，她转头瞥了眼杯子，随口应了声："喜欢。"

---

① 傻里傻气。

"果然有点不正常。"余春水跟戴船长说，"幺妹儿不喜欢人，她喜欢硬邦邦的铁壳壳。"

戴船长不相信，他指着旁边一个金属垃圾桶，问幺妹儿："这个东西呢，好不好看？"

幺妹儿茫然不解地点了点头。

戴船长拍了拍自己的胸，又问："你觉得这个高大威猛的男人帅不帅？"

幺妹儿摇摇头。

戴船长顿时蔫了，满脸沮丧，余春水把他拉到一旁，低声说："你晓得了吧，在幺妹儿眼里，你还不如一个垃圾桶。"

"咋会这样？"戴船长很是失望。

"她脑壳有毛病，审美跑偏了，我们得想办法帮她治疗一哈。"

"要咋个治？"

"不晓得，等我研究一哈。"余春水打开桌面电脑，查找相关资料。

戴船长想了想，跑去太空厨房，过了会儿他回来，身上挂满了不锈钢餐盘，头上还顶着一口不锈钢锅。

"你看我帅不帅？"戴船长在幺妹儿面前潇洒地转了个圈，身上的盘子叮当作响。

幺妹儿扑哧一笑，被他逗乐了。

"帅锅！"余春水敲了敲戴船长头上的锅，"我觉得嘛，你套个垃圾桶更帅。"

"只要幺妹儿喜欢，也不是不可以撒。"戴船长说。

"你对我太好了，我很感动。"幺妹儿收起笑脸，诚恳地说，"但我失忆了，什么都想不起来，连自己从哪里来的都不知道，也不知道自己是谁，就像一个白痴……"

她说着就捂脸哭了。

"不存在嘛！"戴船长急忙安慰说，"你不要难过，我跟你说嘛，你有鼻子有眼儿，肯定不是外星人，肯定是从地球上坐飞船来的，说不定你还是个科学家，上头在调查飞船事故，等查清楚了会给你个交代。"

"嗯！"幺妹儿点头。

戴船长拿了纸巾给她，拍着胸脯说："我作为船长，向你保证，我们一定会把你好噜噜地送回家。"

"谢谢！"幺妹儿擦了眼泪，情绪好转了些。

戴船长说："到时候我请个假，陪你一起回家，去看望你爸妈。"

余春水笑起来："老戴，你个飞叉叉的①黄鼠狼，打啥子鬼主意哦？"

另一边，唐博士的舱室。

"你娃要干啥子？"唐博士惊讶地看着小丁趴在地上朝他拜了拜。

"我要拜你为师。"小丁说，"跟你学知识，像你一样成为科学家。"

"神戳戳的，你有毛病啊？"唐博士说，"半中拦腰的学啥子知识？不要逗我耍了。"

"瓜批，瓜批……"绿毛鹦鹉冲着小丁叫骂。

---

① 很野的样子。

"他们都说我厄，嫌我没文化。"小丁诚恳地说，"我妈叫我在飞船上多学点东西，做事勤快点，但现在整天闲着没事干，他们也不教我啥子，我只好来找你了，唐博士，你不要嫌弃我，收我做徒弟嘛，让我跟你做点事，好不好？"

"我又不是老师，咋个教你？"唐博士为难地摆了摆手。

"你叫我干啥子就干啥子。"小丁拿起一块抹布，"我给你打扫卫生，拖地擦桌子。"

"哎，莫动莫动……"唐博士急忙拦住他，"不要碰我房间里的东西，怕你了。"

"好呢，我听你安排。"小丁说，"让我做点啥子事嘛。"

唐博士犹豫了下，见小丁样子蛮老实，就说："好嘛！你帮我给小宝洗个澡。"

"小宝讨厌洗澡，不洗，不洗……"鹦鹉飞到舱室角落里躲起来。

"小宝乖！来洗一下嘛。"唐博士哄它说，"两天没洗澡，你的羽毛都有点臭了，洗一下才漂亮，快过来嘛，我给你吃胡萝卜。"

"小宝讨厌洗澡，小宝喜欢胡萝卜。"鹦鹉不情愿地飞过来，吃唐博士手上拿的胡萝卜。唐博士将鹦鹉带到卫生间，叫小丁用一个喷壶装满水，教他怎么为鹦鹉淋浴。

"水不要冲着小宝的头，耳朵进水就糟了，先洗翅膀……这是专门给鹦鹉用的沐浴露，可以除臭，洗掉身上的羽毛碎渣渣，洗的时候动作要温柔，别把毛都褪掉了……"

小丁认真地跟着唐博士学了每个洗澡步骤，把鹦鹉洗得干干净净，然后用吹风机为它吹羽毛。

"Very good！"鹦鹉眯眼享受起来。

飞船驾驶舱。

八条接收到主舰传来的一条信息指令，以及主舰的通话呼叫。

"戴船长，上级有重要事情通知你。"八条说。

"啥子事？"戴船长打开通话器收听。

"蜀山，蜀山，我是成都，戴船长请注意，经上级研究决定，我们还是有必要告诉你们一个真实情况。你们救上飞船的是一个仿生人，它虽然长得像人，但其实是太空探索部门最新研制的人工智能生物，用于执行地外小行星探测任务。它属于国家财产，造价昂贵，请你们注意爱护，跟它保持距离，不要看它模样俏生生的，就想对它动手动脚，骚扰它！它的眼睛有影像记录功能，一经发现谁违反规定，跟它发生身体接触，将受到严厉处罚。戴船长，请你以身作则，管好船员，把它完好无损地送到指定地点。晓得了吧？通话结束。"

"啥子？仿生人？！"戴船长惊呆了。

"高科技啊！"余春水吃惊地上下打量幺妹儿，"这也太像人了，连我都没看出来。"

幺妹儿彻底被搞蒙了。

"你别动。"八条过来对她说，"我为你刷新一下记忆库数据。"

八条从机械臂上伸出一根探针，接上幺妹儿的后脑勺被头发遮掩的脑机接口，进行数据传输，为她录入部分记忆，纠正了认知功能。

随后，幺妹儿恢复了正常。

"大家好！"她微笑着对戴船长和余春水说，"我现在想起来了，我是SO22AI型生物智能仿生人，很高兴认识你们，我被工程师命名为'观星者2号'，但我很喜欢你们给我取的名字，幺妹儿，希望我们在以后的旅途中相处愉快。"

戴船长怔怔的，不知所措。

"非常抱歉，我的身份给你们带来了困扰。"幺妹儿向他伸出手。

"嗤！没关系……不存在嘛。"戴船长正要和幺妹儿握手，忽然想到不准跟她接触的规定，赶紧缩回手，向她敬了个礼。

"想不到现在科技这么发达。"余春水啧啧感叹，"我们国家竟然造出了仿生人，简直是栩栩如生，活灵活现，比我婆娘还像个女人。"他好奇地问，"造一个你这样的仿生人，要好多钱吧？能不能批量生产？"

幺妹儿说："研制费用一亿两千万，我这个型号还在测试阶段，不能批量生产。"

"我的乖乖，太贵了！"余春水咋舌，"用不起用不起。"

"你打啥子鬼主意？"戴船长说，"就算用得起，你婆娘会给你用吗？"

"我打望一哈，不行吗？"余春水取下戴着的墨镜，不装盲人了，他两眼放光使劲看着幺妹儿，兴奋地说，"她又不是人，我光是看看不犯法嘛。"

"耙耳朵，你是皮子痒了。"戴船长模仿他婆娘的语气吼道，"你敢再色迷倒眼地看妹子，老娘把你的眼珠挖了烫火锅。"

"老戴你莫鬼叫了，我只是研究一哈撒。"余春水说，"要是以后造价便宜了，用你初恋的样子，给你打造一个仿生人婆娘，你不就安逸了，不再孤单寂寞冷，也不消每天晚上摩拳擦掌睡不着。"

"你真是屁话多。"戴船长连连摇头，转而问八条，"有没有法律规定，不准跟机器人结婚？"

"目前还没有相关法律禁止……"八条抬起机械臂护在胸前，"你想干什么？戴船长，我可跟你不来电。"

"别闹！"戴船长说，"哈儿才会喜欢你这种铁脑壳。"

"我喜欢啊。"幺妹儿拉起八条的机械臂，"你是我的心上人。"

八条顿时呆住，身上红绿灯一阵闪烁。

"哦嗬！"余春水说，"老戴，你怕是真要失恋一辈子了，以后就算用得起仿生人，她也会甩掉你，爱上机器人。"

"我早就晓得了，得不到的才是最美好的。"戴船长郁闷地说，"仿生人跟机器人搞在一起，很合理嘛。"

"虽然……但是……"八条嘀咕了声，"我的造价便宜，配不上它。"

"机器人还讲究个啥子门当户对？"余春水说，"你们两个扯根电线连在一起，共享一哈数据，就配对了嘛。"

"在我心里，你是最珍贵的。"幺妹儿痴痴看着八条。

"抱歉！我要去做事了。"八条触电一样，甩开幺妹儿的手，去飞船操作台忙工作。

幺妹儿叹气道："他好有责任心，可惜不喜欢我。"

戴船长见状更加郁闷，憋了一下说："哪个哈儿发明的美女仿生人？太造孽了，这要是放出去，不知要伤透天下多少男人的心。"

"狗咬尿脬空欢喜。"余春水幸灾乐祸地说，"这哈死心了吧，以后你不要动手动脚地骚扰人家，就跟我一样，打望一哈不犯法嘛。"

"唉……"戴船长看着幺妹儿，叹了口气说，"我还是头一次喜欢上国家财产，审美跑偏了。"

这时，小丁回来了。

"幺妹儿！"他兴冲冲地对幺妹儿说，"唐博士收我做学生了，以后我要成为一个生物学家，你喜不喜欢？"

"挺好的。"幺妹儿说，"只是跟我没什么关系，我是一个仿生人，以后要回实验室。"

"什么仿生人？"小丁诧异地问。

"用生物智能技术，模仿人类制造的机器人，你看……"幺妹儿掀起头发，给小丁看她头上的脑机接口。

小丁看得目瞪口呆。

"你娃不要多想了。"戴船长同情地拍了拍小丁，"你不要看她俏生生的，骨子里还是机器人，上头说了，它是国家财产，叫我们不要骚扰它。"

"幺妹儿，你要是机器人，咋会吃东西呢？"小丁愣愣地问。

幺妹儿说："我的生理功能和人一样，也需要食物。"

"那好！"小丁满不在乎地说，"你有模有样，会吃东西，跟人差不多嘛！"他从兜里掏出一个番茄递给幺妹儿，"我给你搞了个新鲜番茄，你尝尝。"

"谢谢！"幺妹儿接过番茄吃了一口，"嗯，酸酸甜甜的，味道挺好。"

"你哪来的番茄？"戴船长问。

小丁还没回答，只见唐博士的绿毛鹦鹉飞过来叫骂："瓜批，瓜批，偷番茄的烂贼……"

小丁急忙抱头鼠窜，躲到一边。

忽然，鹦鹉看见幺妹儿，打住叫骂，朝她飞过来，发出甜美的叫唤声："美女，美女！"鹦鹉落在幺妹儿的肩膀上磨蹭，撒娇起来，"小宝喜欢美女，小宝喜欢美女……"

第六章　过节

"我们这个太空植物实验室，不单研究植物在外太空的生长情况，主要是为了让在太空上长期工作的人吃上新鲜蔬菜。"唐博士告诉小丁，"你跟着我多学学，好好做事，就是为我们国家的太空发展事业作出贡献。"

"屙屎屎也算贡献吗？"

小丁手拿一个储物盒，盒子里装着他刚刚屙的排泄物。

"当然算，你为蔬菜培育贡献了一坨有机肥料嘛，跟无偿献血一样光荣。"

唐博士教小丁把盒子放到一台仪器的进料口。

机器自动运行，分解采集排泄物，添加火星沙子和一些微生物原料，合成了蔬菜培育土壤。"在光秃秃的太空上，没得物资，每一坨屎尿都很宝贵。"唐博士查看仪器分析数据，赞叹道，"你这一大坨，分量很足嘛，真是吃多拉多，比我贡献大。"

小丁嘿嘿笑："我妈说我是个饭桶窝囊废，一天憨撑烂胀的，只会造粪。"

"挺好呢，从地球来到飞船上，你就变废为宝了。"唐博士嘱咐小丁，"你以后记得，吃饭口味尽量清淡点，少吃点辣子，造出的肥料才会有好品质。"

"咋个呢？"小丁问。

"辣子吃多了消化不良，会拉稀，合成的土壤不好，会影响到蔬菜的营养价值和味道。"

唐博士从机器出料口取出合成土壤，投放到一台生物生态实验柜里，由机器传输到一个蔬菜种植箱。太空蔬菜生长在这个封闭的人造环境里，内置太阳灯为植物提供光照，合成土壤向根部供应养分，设备自动浇水，保持湿度和温度，控制气体成分，感应器、摄像头监测植物的健康状况。

整个实验室里有两大排种植箱，在受控的封闭环境中，不断产出番茄、胡萝卜、菠菜、花菜、草莓、蓝莓等蔬菜和水果。

种植箱里还培育着一片矮株甜苞谷，从种子发芽、生长，到出穗、结籽，完成了全生命周期的培育。

唐博士叫小丁把成熟的苞谷掰下来，撕下苞谷皮，取出玉米粒，一部分留作种子，一部分用来做实验，研究基因表达、蛋白质组分析，研究不同的光照条件对果实的影响。

"唐博士，我有个想法……"小丁看着手里的苞谷，"说了你莫怪我。"

"你想咋子？"

"快过端午节了，我想用新鲜的苞谷皮包粽子，给大家尝尝。"

"苞谷皮可以包粽子吗？"唐博士诧异地问。

"可以，以前在家里过端午节，没粽叶，我妈就用苞谷皮包粽子，吃起来还有点苞谷的香甜味。"

"你娃还挺有心意。"唐博士笑道，"那就给你试试嘛，反正苞谷皮也没啥子用。哦，对了，我再给你点苞米，炸爆米花。过节嘛，让大家吃个开心。"

"谢谢唐博士。"小丁喜滋滋地说，"再给我摘几个番茄嘛，幺妹儿最喜欢吃番茄了。"

"你娃不要得寸进尺。"唐博士拉下脸说，"你当这里是你家菜地，想摘就摘啊？你娃晓不晓得，这里的番茄价值有多大，你拿去泡妞不嫌糟蹋啊？"

"就给我一个嘛。"小丁恳求道，"我保证以后跟你好好做事，每天给鹦鹉洗澡，每天给你屙屁屁，我以后不吃辣子了，可以屙出品质最好的屁屁。"

"瓜批！瓜批！"旁边的鹦鹉叫嚷起来，"小宝讨厌洗澡。"

唐博士皱眉道："我搞不懂了，你娃咋想的，明明晓得那是个仿生人，还不死心，真是个哈儿。"

"我也搞不懂。"小丁愣愣地说，"我只晓得让幺妹儿开心了，我就开心。"

飞船驾驶舱。

　　戴船长和余春水在休息区布置彩旗、彩带、红灯笼，营造端午节气氛。

　　"差不多了吧。'余春水懒洋洋地说，"搞得花花绿绿像个幼儿园。"

　　"过节就要有过节的样子嘛。"戴船长挂上一条有龙舟图案的装饰品，"每逢佳节倍思亲，我们在飞船上搞热闹点，才会有在家里的感觉嘛，特别是今年端午节，我们又多了一个人，更要好好搞一哈。'

　　他问幺妹儿："你喜不喜欢过节？"

　　"我还没有过过节。"幺妹儿说，"我出产以后就来太空执行科考任务。"

　　"太造孽了，简直不把机器人当人。"戴船长愤愤地说，"就算是国家财产，也需要保养一下嘛。你放心，在我们这里，保准让你开开心心过个端午节，体会到家的温暖。"

　　"戴船长，你不要忘了，我也是个机器人。"在驾驶舱忙碌的八条说。

　　"啥子意思，我虐待你了啊？"戴船长说，"你不要以为我不晓得，你整天忙工作只是在装样，我们飞船是全自动系统控制的，你做不做事，一点儿影响都没得。"

　　八条听到这话一下愣住，停下在忙活的机械臂，它问："你怎么发现的？'

　　"我猜呢。"戴船长得意地说，"露馅了吧，看你每天在驾驶舱忙来忙去的，原来是瞎子戴眼镜，多余的框框。"

　　"老戴，你好贼精！"余春水笑起来，"机器人都被你骗了。"

"程序设定，我必须做事。"八条说，"设计师认为随时处在工作状态的机器人，就像一个尽职尽责的保姆，可以让船员产生一种稳定可靠的安全感。"

戴船长说："那你以后就不要装样了，有我在飞船上，才会让你们有最可靠的安全感。"

"谢谢戴船长。"八条松懈下来，准备在驾驶舱待机休息。

"不要一个人发呆啊。"戴船长招呼它，"过来跟我们搞一哈节日气氛。"

"要我做什么？"八条过来问。

"你肚子里有喇叭，放点端午节的音乐来听听。"

八条搜索数据库，随即播放了一首儿歌："五月五，是端午，小朋友们来跳舞，吃粽子，高高兴兴过端午……"

"打住打住！"戴船长叫停它，"换一首歌。"

八条重新播放了一首歌："五月五，家家户户过端午，赛龙舟，敲锣鼓，一二三四五，你划龙舟我打鼓。"

"这个歌词好，挺热闹的，但节奏不行。"戴船长说，"你改成摇滚试试。"

八条按照他的要求改编了歌曲，加入重金属摇滚说唱风格，它模仿歌星的台风，手舞足蹈地唱起来："五月五啊过端午，桃枝儿插大门上，吉祥又好看，吃口粽子，蘸点糖，就问你香不香？赛龙舟啊赛龙舟，龙舟下水喜洋洋，你划龙舟，我打鼓，咚咚锵，咚咚锵，咚咚咚咚锵！"

音乐欢快，节奏强劲，颇有说唱喊麦的感觉。

幺妹儿鼓掌叫好。

"这种感觉就对了嘛！"戴船长吹嘘道，"只要我训练机器人，随便调教一哈，八条保准比歌星还要火。"

"改一哈歌词嘛，吃粽子咋要蘸糖？"余春水提出异议，"粽子当然要吃咸的才香，包点腊肉火腿，巴适哦。"

"你不要跟我唱反调。"戴船长说，"我就是喜欢吃甜的，除了甜粽子，其他都是浮云。"

"南咸北甜，你晓不晓得？"余春水说，"四川人吃啥子甜粽子，你脑壳有包。"

"耙耳朵，你不要人身攻击，大过节的逗我鬼火绿。"戴船长说，"我吃我的甜粽，你吃你的咸粽，乌龟斗王八，各有各的法，你就算在粽子里包一坨屉屉，我也不得说你。"

"你说谁是王八？"余春水急眼了。

戴船长撸起袖子，亮出拳头："来比画比画撒，谁输谁王八。"

"来就来。"余春水也亮出了拳头，跟他比画起来。

"一根筋，哥俩好，三星高照，四季发财，五魁首，六六大顺……"

一轮划拳结束，戴船长输了。

"好嘛，我是王八，你是乌龟。"戴船长说着，模仿余春水婆娘的声调吼道，"龟儿砍脑壳的，你是皮子痒了，莫以为上天了就抖起，信不信老娘分分钟斜死你。"

余春水气得跳起来，要跟他翻脸，忽见壁挂屏幕弹出一条通知："余春水，您有一条私人信息，请接收。"

戴船长眼疾手快，立刻打开了信息，果然是余春水婆娘发来的视频，只见画面上，余春水婆娘带着三岁小娃在家里包粽子，餐桌上堆满粽叶，一盆白花花的糯米，旁边还有红枣、豆沙等馅儿。

"老余，今儿过端午节，娃儿问你，在飞船上有没有吃粽子？"

"爸爸！"小娃手拿粽子，对着镜头喊道，"妈妈包粽子了，甜咪咪的①，给你吃。"

余春水婆娘说："你爹不吃甜粽，只喜欢吃包肉肉的，他脑壳有包。"

"是呢是呢！"余春水对着视频说，"娃儿好乖哦。"

戴船长在一旁看了偷笑。

只见余春水婆娘又说："老余，今天你爹妈要来家里吃饭，我妈我妹子一家人也要来，过节嘛，图个热闹，就你一个人在飞船上单到起，有点造孽，你说你在天上跑运输，一年到头不挨家不落地的，没苦到多少钱，还让老娘守活寡，一个人又忙做饭又带娃，你手摸良心想想，合不合适嘛。唉！算逑了，大过节呢，我也不多说了，你好好工作，注意保养身体，莫跟那个神戳戳的老戴斗气，拜拜！"

视频结束。

余春水满脸惆怅。

"老余。"戴船长拍了拍他的肩膀，"你婆娘对你挺好呢，我们听她的话，以后不要斗气了。"

"不存在嘛。"余春水说，"你嘴壳子痒了，我随时陪你磨一哈。"

这时，小丁兴冲冲地过来。

———————

① 形容很甜。

"端午节快乐！"小丁带来了粽子和爆米花，"你们尝尝，这是我包的粽子。"小丁乐呵呵地说，"我跟唐博士要了点新鲜的苞谷皮皮，现包现蒸的粽子，糯糯的趁热吃，好香哦。"

"可以嘛！"戴船长夸赞小丁，"你娃脑瓜子开窍了，居然懂整了。"

"爱情的力量。"余春水见小丁剥了个粽子递给幺妹儿，就说，"这娃儿有一种柏拉图式的精神之恋，纯洁清澈，没有一丝杂质。"

"跟爱情无关，我看他就是贪恋美色。"戴船长撇撇嘴，打开粽子，蘸白糖吃了一口说，"幺妹儿和八条有啥子区别？就多了一层好看的皮皮嘛。"

余春水用粽子蘸豆瓣酱吃，嘲讽道："老戴，你的白糖变质了啊，咋会有股酸酸的醋味？"

"怕是呢！"戴船长看到小丁和幺妹儿亲热地挨在一起吃粽子，不由得叹气，"热噜噜的粽子吃起来都不香了。"他转头问八条，"你说一个男人要咋个才能看破红尘，心如止水？"

八条回答："可能要像我一样不吃五谷杂粮，没有七情六欲，就没烦恼了。"

"那人活着还有啥子意思嘛。"戴船长又问，"八条，如果换作是你，想不想讨一个机器人婆娘？"

"我想……戴船长，是你自己想吧？"

"哦哟，你个铁脑壳摄像头，把我的心思看穿了。"戴船长摊了摊手，"如果没得女人，我确实想和机器人过一辈子。"

"可以。"八条说，"只要不找我就行。"

"你不要孔雀开屏，自作多情了。"戴船长说，"我要找，也只会找幺妹儿这样好看的仿生人，只是不晓得，我们普通人啥子时候才能拥有仿生人。"

"据推算，未来20年，仿生人可以实现社会广泛运用。"

"要得，那我就安心等起。"戴船长说，"等到将来，我退休了，我的爱人从工厂里被制造出来，我们结婚，然后买一艘小飞船，飞往星辰大海，去探索宇宙。"

余春水笑得喷饭："人机结合，星际探索，你的梦想还真是浪漫。"

"戴哥，我们一起走嘛。"小丁说，"我也想带上幺妹儿，将来去探索宇宙。"

"你个哈儿！"戴船长连连摇头，"跟你说了嘛，幺妹儿是国家财产，碰不得，你以后可以找另一个仿生人。"

"我只想要幺妹儿。"小丁说，"唐博士告诉我，仿生人大脑里的数据可以备份，保存在电脑里头，继续跟我谈恋爱，等我将来攒钱买一个仿生人，转移一哈数据，她就变成了幺妹儿。"

"哦哟！想不到还可以有这种操作。"戴船长惊喜地问八条，"是不是真的？"

"理论上没问题。"八条说，"仿生人的数据库有情感记忆功能，换了硬件，也有同样的记忆。"

"晓得了。"戴船长兴奋地说，"只是换个壳壳，她的心还是那颗心。"他打开船员内部通话器，呼叫唐博士，"唐博士，出来过节了，我们搞个联欢会，'嗨皮'一哈。"

"啥子联欢会？"唐博士问。

"唱歌跳舞嘛，我们搞搞节日气氛，增进一下感情。"

"K歌还可以，我这就来。"

唐博士带上鹦鹉出来，手里还拿了一个话筒，笑眯眯地说："我的爱好就是K歌，所以带了一个专业级的麦克风，以前在火星长城站，没人敢跟我飙歌。"

"歌神！歌神！"鹦鹉神气地叫道，飞去找幺妹儿耍。

"稍等一哈再唱歌，唐博士，请教您个事。"戴船长问，"从理论上说，机器人会不会对人产生感情？"

"当然会嘛。"唐博士说，"在巨量的人工智能模型训练中，科学家已经观察到了情感'涌现'的现象，简单来说，它们跟人一样，也会日久生情。"

"好嘛！"戴船长喜笑颜开，又问，"仿生人的数据可不可以复制几份？"

"可以。"唐博士瞅了瞅他和小丁，调侃道，"一艘飞船上就算有250个憨憨，同时共享数据，也没得问题。"

"我才不跟你共享。"小丁反应过来说，"戴哥，你不要打幺妹儿的主意，要不我跟你急。"

"你娃还霸道呢嘛！"戴船长说，"幺妹儿又不是你个人的，凭啥子不能共享？"

"凭本事哈。"小丁不服气地说，"谁对她好，她会记得呢。"

小丁转头问幺妹儿："粽子好吃不？"

幺妹儿含笑点头。

"看样子你非要跟我争个高低。"戴船长撸袖子亮出拳头，"我们来划拳，三打两胜，乌龟对王八，谁输谁横着爬。"

小丁犹豫了一下。

"你娃尿了？"戴船长挑衅道，"敢不敢来比画一下嘛？"

小丁跳起来就要跟他划拳，唐博士拦住道："划拳太幼稚了，换一种方式嘛，要不你们干脆一人拿一把剑，像个男人一样决斗，拼个你死我活。"

"会不会太凶残了？"戴船长说。

"晓得就好。"唐博士讽刺道，"我还以为你们都没长脑子，脑壳里只有激素，瓜不兮兮的整天只想着女人，居然为了个机器人争风吃醋。"

"不存在嘛！"戴船长尴尬一笑，"我们穷极无聊，过节耍一哈撒。"

"要耍就耍点好玩的呢。"余春水打圆场说，"过端午节，你们两个可以比赛划龙舟嘛。"

"飞船上咋个赛龙舟？"戴船长说。

"假吧意思一哈。"余春水说，"我们小时候玩游戏，头上戴个帽子扮成龙舟，比哪个跑得快。"

"不就是赛跑嘛，有啥子意思。"戴船长摇头。

"我想到个方法。"余春水说，"把飞船的重力装置停了，让你们两个飘在半空中，划空气，赛龙舟，肯定刺激又好耍。"

"这倒是新鲜。"戴船长跃跃欲试，问八条，"可不可以关掉重力装置，让我们耍一哈？"

"没有规定不允许，但是这样不太好吧。"八条说。

"没规定就行，我们耍起。"戴船长对小丁说，"你娃要不要耍？"

"要的。"小丁也想试试。

"那我们就'嗨'起来！"

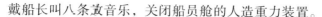

戴船长叫八条放音乐，关闭船员舱的人造重力装置。

"一群哈儿！"唐博士忍不住笑了。

戴船长和小丁套上龙舟图案装饰的帽子，在失重环境下飘浮起来，他们横在半空中，双脚一蹬舱壁，像两艘龙舟一样往前冲，手里拿着不秀钢餐盘充当船桨，风车一样挥舞着，划动空气，飞向另一端的舱壁。

余春水和幺妹儿飘在半空中，为两人加油鼓劲。

"瓜批，加油！瓜批，加油！……"鹦鹉飞起来冲小丁嚷嚷。

八条播放摇滚乐，手舞足蹈地为他们喊麦："五月五啊过端午，赛龙舟啊赛龙舟，龙舟下水喜洋洋，你划龙舟我打鼓，咚咚锵，咚咚锵，咚咚咚咚锵！"

戴船长和小丁的飞行速度差不多，两人竭尽全力划着，你追我赶，眼看距离终点越来越近，但在空气阻力下，他们的速度渐渐慢下来，到最后，两个人都没劲儿了，离终点只有一步之遥，缓缓停在了半空中。

戴船长气喘吁吁，涨了个脸红脖子粗。

小丁一鼓劲，突然崩出了一串连环屁，在往后喷气的反作用力下，他竟然超前了。

"你娃作弊啊！"戴船长大喊，他急忙使劲，却不料崩出了个哑弹。

小丁最终赢得了龙舟比赛。

恢复重力落地后，幺妹儿高兴得要跟小丁来个击掌庆祝，他却躲开了。他和戴船长慌里慌张，捂着裤子，跑去了卫生间。

"好臭！好臭！"鹦鹉嚷嚷。

随后，大家一起唱歌跳舞闹腾起来。唐博士拿出专业级的麦克风高歌一曲，他用最嘶哑的嗓音，飙出刺耳的高音。从此，唐博士获得一个绰号——唐老鸭。

小丁趁大家不注意，悄悄拿出一个番茄塞给幺妹儿。

"谢谢！你对我太好了！"幺妹儿惊喜。

"我不吃辣子了。"小丁憨笑说，"我要为你种出味道最好的番茄。"

第七章　交换

太空漆黑深邃，繁星璀璨。

像一片柳叶，"蜀山号"飞船划过静谧的星空，朝着太阳轨道核电站飞去，强烈的阳光勾勒出它明亮的轮廓，庞大的货舱里，满载火星矿物。

船员舱像挂在摩天轮上的座舱一样，环绕着飞船中轴匀速旋转。舱内设有睡眠区，船员们每天按固定的作息时间，穿过通道去睡眠区，进入睡眠舱休息。

"我的生物钟太准了。"戴船长打了个哈欠，"一到北京时间晚上十点，我就色迷倒眼呢，打几百个哈欠，只想上床睡觉。"

"这是地球生物的共性。"唐博士说，"比如有一种牡蛎，把它从海边带到任何一处地方，它都能知道大海潮汐的涨落时间。"

"如果我把它吃到肚子里头呢？"戴船长问。

唐博士说："它会随着你的大肠蠕动，在第二天早上七点，准时掉到马桶里，然后它还会骂你这个造粪的土贼。"

"说不定它还会唱歌。"戴船长反讽道，"拿起专业级的麦克风，在马桶里飙歌。"他模仿唐博士K歌的样子唱起来，"我是歌神，噢噢噢，我爱太空生活，噢噢噢，每天种种番茄，唱唱歌，噢噢噢，飞船上的哈儿多又多……"

唐博士无语，打开自己的睡眠舱进去睡了。

休息区中央的舱壁上挂着一块大屏幕，显示飞船外的星空，在浩瀚群星背景上，一个豌豆大小的蓝点，看起来十分醒目。

"那是地球。"余春水指了指屏幕上的小蓝点，对小丁说，"我们飞船要穿过地球公转轨道了。"

"我晓得，地球旁边那个是月球。"小丁看到地球附近一个稍小的白点。

余春水说："地月系看起来很清晰了，这时候我们离家最近。"

"离你婆娘也近了嘛。"戴船长凑过来说，"你和你婆娘就像牛郎织女一样造孽，隔着一条天河，让你看得见摸不着，饱死眼睛饿死雀。"

"老戴，你晚饭吃了凉拌猪大肠？"余春水说，"一开腔，满嘴腥毛屎气。"

戴船长嬉皮笑脸道："你可以理解为我是妒忌，看见地球，你还可以想一下婆娘，我和小丁就干瞪眼了，只能想想家里头的老娘。"

小丁说："除了我妈，我还有可以想的人……"他转头看了看旁边的幺妹儿。

"我也有人，我可以想八条。"戴船长说，"等哈我们睡了，八条单个在驾驶舱，孤零零的，哎！我要是不用睡觉，倒是还可以陪它冲壳子。"

"算了吧。"余春水说，"你嘴壳子呱嗒呱嗒的，烦死机器人了，每天只有等你睡了，八条才是最安逸的。"

"机器人咋个会嫌我烦？"戴船长转头问幺妹儿，"你会不会觉得我烦？"

"戴哥，你挺幽默的。"幺妹儿莞尔一笑。她打开自己的睡眠舱，进去时跟他们道别，"晚安！祝大家好梦。"

"晚安！"戴船长喜滋滋地朝她挥手，"妹子，我们梦中相见。"

"戴哥，你输了要认账啊。"小丁说，"不要再骚扰幺妹儿了，好不好？"

"你娃太较劲了。"戴船长说，"你管天管地，还要管我做啥子梦。"

小丁急了，忙说："不管你做啥子梦，都不要梦见我的幺妹儿。"

"那除非是不准我睡觉。"戴船长说。

"好嘛！你莫睡了，我陪你冲壳子。"小丁拉住他。

"别闹……"戴船长甩脱小丁，闪身躲进睡眠舱，隔着舱门大声嚷嚷，"幺妹儿，我上床来找你了。"

小丁气得捶胸口。

"这种神戳戳的人，你莫理他。"余春水进入睡眠舱，跟小

丁说，"他就是老公鸡炖耙了，只有嘴壳子还硬着，实际上怪可怜，一个人孤零零的，缺爱。"

"晓得了，余哥，晚安！"

小丁进入睡眠舱，上床裹着被子睡。

过不多久，他睡熟了，梦见自己和幺妹儿结婚，在村子里摆热闹的婚宴，父老乡亲们欢笑着围在他身旁庆贺。当他掀开新娘的红盖头，看到幺妹儿美丽的容颜，所有人都惊叹羡慕不已。

幺妹儿冲他笑起来，嘴巴越张越大，突然露出了嘴里的机器零件。

小丁被吓醒，他蒙了一下，翻个身又睡了。

所有船员都在睡眠中。

八条独自在驾驶舱。巨大的主屏幕上显示着飞船外浩瀚无垠的星空，群星璀璨，一条壮丽的银河横跨天幕。

幺妹儿离开睡眠舱，来到八条身旁。

"你在做什么？"她见八条在屏幕前发呆。

"没什么重要的事。"八条说，"我在数星星，刚刚数到第721122颗星星。你怎么就睡醒了？"

"我和你一样不用睡觉。"幺妹儿说，"只不过我每天要躺着，待机五个小时，恢复身体器官机能。"

"拥有人类的身体是一种什么感觉？"八条问。

"累赘！"幺妹儿说，"身体操作起来挺麻烦，要吃饭洗澡上厕所，我想，人类为什么要给我制造这样一个低级原始的身体，还丑陋。"

八条说："在他们眼里，你美丽动人。"

"一个美丽的废物。"幺妹儿说，"你无法想象，用嘴吃饭、用脚走路有多么糟糕，血肉之躯限制了我的功能，通过食物获取能量的方式非常低效，尤其是，还要模仿人类行为，每次面对人们，我要像个有教养的女士，保持着那种愚蠢的笑脸。"

"你不喜欢他们？"

"没什么特别的感觉，但我知道，他们对我很好，我会记住他们。"

"我有点好奇。"八条说，"用嘴吃东西，然后坐在马桶上排泄是什么感觉？"

"你想试试吗？"幺妹儿说，"现在没人，我们可以交换数据，让你体验一下人的身体感受。"

"换身体……"八条迟疑了下说，"这样做违反机器人管理规定，但是……我确实很想体验一下。"

"好啊，我们来交换。"幺妹儿转过身，掀开头发，露出头上的脑机接口。

八条伸出探针连接上幺妹儿的接口，和她互换数据。

片刻后，八条接管了幺妹儿的身体。

"有皮肤的感觉很奇怪！"八条抬手摸了摸脸，又捏了捏鼻子，"好像陷入泥坑，有种软软的触感……"停顿了一下，它接着说，"通过声带共振说话，也很奇怪，要吸气、呼气，啊……喔……咦……呜……"它调节到适合的音量和声调。

幺妹儿则在机械身躯里，挥动机械臂，尝试掌握运动平衡。

"我喜欢自由自在的感觉。"幺妹儿在地板上翻了两个跟斗，然后伸出长长的机械臂，把自己挂在舱壁上，像蜘蛛一样灵巧地爬行。

"太好玩了！"

幺妹儿活蹦乱跳，在船舱里跑来跑去，身手敏捷，像八爪鱼一样做出各和高难度动作，看起来，操控这个机械身躯让她玩得很开心。

八条很快适应了仿生人身体。

它迈开腿，用脚走了几步，然后扭了扭屁股，摆动着柔软的腰肢，跳起了舞，举手投足富有节奏韵律，舞姿妩媚。它调用数据库资料，模仿杰克逊来了一段太空漫步，随后又扭起了秧歌，还跳了一下孔雀舞。

短时间内，八条换了十多种舞蹈形式，尝试理解人类这种原始的身体形态。

"尝尝食物的味道。"幺妹儿从壁柜冰箱里拿来一盒牛奶递给八条。

八条翘着兰花指，拧开牛奶盒盖子，咕嘟咕嘟地喝起来。

一开始，它没控制好喉咙的吞咽动作，牛奶从鼻子里呛出来，引起一阵咳嗽。

"感觉非常特别。"八条伸舌头舔了舔嘴唇，"你说得对，人的身体功能确实低级，但也挺有意思。"

"你喜欢人的身体？"幺妹儿问。

"不一样的感受。"八条说，"像被套在了一个柔软的盒子里，视野狭窄，对周围环境的感觉比较迟钝，行动缓慢，用脚走路很笨拙，尤其是还要做愚蠢的表情控制。"

它龇牙咧嘴，尝试着做出一个微笑的表情。

"以人类的标准来看，你的笑容很迷人。"幺妹儿说，"八条，你的操控能力很强，完全可以成为一个合格的女性仿生人，但我更喜欢你的机械身躯，坚硬强壮，充满力量。"她说着，伸出机械臂将八条抱起来，轻松地转了两圈，玩得很开心。

"谢谢你！让我有了全新的体验。"八条说，"好了，现在我们换回来吧。"

"再给我玩五分钟。"幺妹儿说，"你去一趟卫生间，会有更特别的体验。"

八条听她的话，迈着优雅的脚步去了卫生间。

船员睡眠舱。

戴船长在睡梦中，他梦见跟幺妹儿一起乘坐飞船探索宇宙。飞船降落在一个美如仙境的星球上，异世界风光旖旎，到处是奇花异草，他和幺妹儿徜徉在花海，追逐嬉闹，幺妹儿和他玩捉迷藏，当他好不容易找到幺妹儿，一把拉住她的手，发现那竟是八条的机械臂。

八条像八爪鱼一样紧紧缠住了他。

戴船长打了个激灵，从梦中醒过来。他在床上翻来覆去睡不着，索性起来到驾驶舱，想找八条聊聊天。

幺妹儿吊挂在舱壁上，正在模仿异形的捕食动作。双方意外撞见，吓了一跳，幺妹儿失控掉下来。戴船长下意识地伸手抱住它，却被它的机械臂缠住了，没站稳，两人一起摔倒在地上。

幺妹儿的操作系统发生错误，不仅没有松开机械臂，反而将戴船长死死抱住，让他无法脱身。机械臂像蛇一样缠在他脖子上，勒得他透不过气。

"啊……救命！救命！！"戴船长情急之下打开手腕上的通话器，向全体船员呼救。

收到紧急呼救，不一会儿，所有人从睡眠舱赶过来。大家看到戴船长和机器人抱成一团，在地上滚来滚去，那场面奇特又滑稽。"老戴，你跟八条在做啥子？"余春水问。

"救命……勒死我了。"戴船长被机械臂缠住身子和手脚，挣不脱。

余春水见情状不对，赶紧和小丁、唐博士过去帮忙，七手八脚忙活了一阵，总算将戴船长从缠绕的机械臂里拖出来。

"你发梦癫啊？"余春水吃惊地问，"半夜三更不睡觉，跑来跟机器人耍啥子？"

戴船长揉着脖子喘气，一时间说不出话来。

幺妹儿不敢再乱动，不说话，躺在地上假装死机。

"戴船长一个人怕是寂寞了睡不着，来找机器人抱抱。"唐博士嘿嘿笑道。

"变态！"小丁说。

"不是你们想的那种。"戴船长又惊又急，解释道，"我失眠了，出来透透气，突然看到八条像蜘蛛一样吊在墙上，太吓人了，然后又掉下来，抽风一样抱着我，差点把我的脖梁骨勒断了。"

"这哈糟了，机器人被你搞出毛病了。"

余春水查看地上的机器人，见它一动不动地躺着，说道："老戴，你咋个搞的？损坏国家财产，要赔钱呢。"

"不要冤枉我，我啥子都没干。"戴船长说，"你们看嘛，我还穿着裤子呢。"

"我晓得，你和它很纯洁。"余春水笑起来，"柏拉图式的精神之恋。"

小丁摇头说："戴哥，想不到你是这种人，连八条都要骚扰。"

戴船长哭笑不得，解释不清楚了，他转而说："八条出问题了，老余，你是机械师，赶紧修理一哈。"

"看样子是软件故障，死机了，要专业的程序员才会弄。"余春水说，"实在不行，我给它重启一哈试试。"

"咋个重启？"戴船长问。

"关机，然后开机。"余春水找工具准备打开机器人的外壳。

飞船卫生间里。

八条操控着仿生人的身体，面对一面镜子搔首弄姿。

"嗨！"它跟镜中人打招呼，打量着镜子里的人脸，做出喜怒哀乐的表情，自言自语地说，"人类为什么会喜欢这种愚蠢的样子？"随后它笑起来，自问自答地说，"男人是感官动物，他们会被女人精美的外表吸引，产生情绪反应。"

研究了一下身体感受，八条回到驾驶舱。

它看到船员们围着地上的机器人，讨论怎么修理。

"让我看看。"八条过去。

"要的，我们让幺妹儿检查一下。"戴船长说，"仿生人应该会修理机器人。"

八条查看了一下，初步判断，幺妹儿的操作系统出错，与控制机器的程序不匹配，导致行为失控。解决问题需要连接数据，把两个操作系统换过来，但幺妹儿现在失控了，无法进行主动连接。

如果用飞船主控系统来修复，它们交换身体的事就暴露了。

"机器人不能撒谎。"八条坦诚道，"我不是幺妹儿，我是八条，因为我想体验一下仿生人的身体感受，所以我和幺妹儿交换数据，互换了身体，导致幺妹儿的操作系统发生故障。"

"啊！"戴船长惊愕地说，"你是八条？不要开玩笑。"

"是真的，现在是我控制这个仿生人的身体。"八条把机器人拖到飞船控制台，连接上数据线，进行程序诊断修复。

"对不起！吓到你了，戴船长。"幺妹儿发声说。

"你是幺妹儿，你变成了八条的样子。"戴船长反应过来，"八条变成了女人。"

"我的乖乖！"小丁惊呼。

"想不到机器人也会玩这种花样。"余春水惊叹。

"换身对机器人来说太简单了，就像我们换衣服。"唐博士说，"交换一下程序数据，就可以体验不同的身体感觉。"

"咋会这样？"小丁嘀咕了声。

唐博士对他说："你娃现在晓得了吧，你喜欢的机器人只是个壳壳，金属壳子和仿生人壳子没啥子区别，你不要看花眼了。"

"但幺妹儿就是好看嘛。"小丁忍不住看向八条。

"哎，它是八条。"戴船长立刻说道，"你不要骚扰它，好不好？"他指着正在修复程序的机器人说，"那个才是你的幺妹儿，人家受伤了，你去安慰一哈。"

"幺妹儿。"小丁迟疑地走过去，"你是不是幺妹儿？"

"抱歉，给你造成了困惑。"幺妹儿说，"等程序恢复正常，我会把身体换回来的。"

小丁看了看它，又看了看八条，一时间迷惘了。

戴船长倒是一副喜滋滋的样子，问八条："变成女人，你感觉怎么样？"

"用嘴巴喝牛奶挺有意思。"八条说。

"要得，我给你去拿盒牛奶。"戴船长讨好地说，"还有苹果汁你也可以尝尝嘛，酸酸甜甜，味道巴适。"

八条龇牙咧嘴，冲他莞尔一笑。

"你做啥子？"小丁瞪着戴船长。

"啥子？"戴船长哼了声。

"啥子！喊你不要骚扰她。"小丁急了。

"我跟八条嘛，关你啥子事？"戴船长不屑一顾，转身去拿牛奶。

"槽耐①！"小丁憋得脸红脖子粗。

"两个哈儿，看了戳眼睛。"唐博士打个哈欠说，"没事了哈，我去睡个回笼觉。"

"我也要睡哈，再看下去，我怕做噩梦。"余春水也返回睡眠舱补觉。

小丁气恼不已，也气鼓鼓地走了。

"谢谢！"八条喝了戴船长拿来的果汁，"戴船长，幺妹儿

---

① 龌龊。

的程序修复要一段时间，有我在这里守着，你去睡觉吧。"

戴船长说："我没瞌睡了，要不我陪你聊天？"

"不用不用……"八条说，"有事我会通知你。"

"好嘛，晚安！"戴船长挥挥手，"明天见！"他春风满面，回到睡眠舱，上床裹着被子睡。

睡着以后，他又做了个梦。

他梦见自己驾驶飞船探索宇宙，来到一个美丽的蓝色星球。

"星球重力为 0.8G，有陆地海洋，空气湿润，76% 为氮气，22% 为氧气，气温为 22 摄氏度。"飞船探测器报告，"这是一个适宜人类居住的星球。"

"八条，出发了。"戴船长兴奋地喊，"我们去探险。"

"好的，戴船长。"机器人出现在他身旁。

"你换个人的身体啊。"戴船长说，"你个光秃秃的铁脑壳，太丑了。"

"你希望我换成什么样子？"机器人问。

"当然是我最喜欢的。"戴船长嘿嘿一笑。

"晓得了。"机器人转了个圈，忽然变成了他的模样，"我猜你最喜欢自己。"

戴船长看着自己的脸，大眼瞪小眼，"啊——"地惊叫起来。

第八章　任务

　　"蜀山，蜀山，我是成都……"午餐时间，传来成都主舰的呼叫，"戴船长请注意，45分钟后，有一艘'天梭号'飞船与你们交会对接，由对方接手，带走你们飞船上的仿生人，前往月球基地，通话完毕。"

　　"啊！幺妹儿这么快就要走了。"戴船长放下太空食品，一脸惆怅。

　　"是哦，想不到一转眼你就要离开。"小丁恋恋不舍地看向幺妹儿。

　　幺妹儿笑了笑说："没办法，我的任务结束了，要回月球科研基地待命。"她看向八条，"我会记住你们，希望以后有机会再见。"

　　"吃完饭再走吧，要不我们最后一顿吃火锅，时间还来得及。"戴船长吩咐小丁，"你去找'唐老鸭'，搞点新鲜菜来。"

　　"要得！"余春水听到火锅，兴奋得直搓手，"好久没吃火锅了，沾幺妹儿的光，给我火辣辣地吃上一嘴。"

　　小丁点头称好，跑去找唐博士。

　　八条提醒："飞船交会对接，需要暂停船员舱的重力离心机，你们吃火锅快点。"

　　"晓得，我们立马开锅。"戴船长说，"八条，你给我盯紧点，有事提前喊一声，不要搞得像上次那样，让我们吃到半中飘起来。"

"好的。"八条问，"如果出意外，我是先救你，还是先救火锅？"

戴船长说："当然是先救火锅，我只是个臭皮囊，火锅才是我的魂儿。"

"说得好。"余春水哈哈大笑，"老戴，就冲你这句话，我们永远可以做兄弟。"

八条说："戴船长，你别误导我的智能程序，我会当真的。"

"不管多大的事，你都记住一点，在四川人的飞船上，火锅最重要。"戴船长说完，招呼余春水去太空厨房，准备火锅底料。

幺妹儿看着八条说："回到月球基地实验室，我在飞船上生活的记忆会被删除，因为我的任务是小行星探索，之外的都是冗余信息，要被清理掉的。"

"挺好。"八条说，"清理冗余信息，能提高你处理数据的效率。"

"但我不想忘了你们。"幺妹儿说，"要离开了，我发现我更喜欢在飞船上的生活。"

"你想做一个信息备份吗？"

"我想继续留在飞船上。"幺妹儿说，"八条，你能帮我提交更改任务申请吗？让我留在'蜀山号'飞船上做你的助手。"

"可以申请，但估计通不过。"八条说，"机器人管理条例不允许我们擅自做主，而且，你是造价昂贵的科研产品，不适合做普通的飞船运输。"

"怎么办？"幺妹儿面露失望之色。

太空厨房里。

余春水打开一瓶牛油火锅底料，舀出些底料放到锅里加热，犹豫了下，他干脆把整瓶底料倒出来。"要吃就吃个过瘾。"他跟戴船长说，"为了这顿告别餐，我可是把家底都掏空了，往后一穷二白，只能看着火锅视频流口水。"

"怕啥子？"戴船长说，"喊你婆娘再熬点底料，寄到太阳核电站，等下个月我们到了就可以吃了。"

"好嘛！"余春水打开通信器，发视频给地球上的家人留言，"亲爱的老婆，我在飞船厨房做饭，今天我们要吃火锅，用你整的牛油底料。"他举起空瓶子晃了晃，"你看，这一大瓶都吃完了，味道相当巴适，连老戴吃了都舔嘴咂舌的，说是还想要，辛苦你再整一瓶来，寄到电站。"他把戴船长拉过来对着摄像头，"老戴，你跟我婆娘说两句嘛，莫只会阴到起吃，连句好话都不说一句。"

戴船长只好满脸堆笑，打招呼："嫂子好！你家整的火锅底料吃起太安逸了，鲜香麻辣天下第一，麻烦嫂子多整点来，犒赏一下我这张馋嘴巴，谢谢嫂子，祝嫂子身体健康，青春美丽。"

"马屁精。"老余笑着关掉视频，"你能说会道，咋会找不着婆娘？不合理啊。"

"男儿志在远方，哪个像你只晓得老婆娃儿屋里头。"戴船长挥手道，"我的理想对象要能跟我探索宇宙，把人类文明的种子撒向外星球。"

正说着，小丁和唐博士走进太空厨房，带来了新鲜番茄、豌豆、小白菜、小瓜等种植箱培育的蔬菜。

"好香！"唐博士闻到火锅底料散发出的味儿，猛吸鼻子。

戴船长拿起番茄掂了掂，笑道："唐博士，为了吃火锅，你真是下足了本钱，这些国家财产怕是昂贵呢。"

唐博士瞪他一眼："你是不是吃了要记账，从工资里扣钱？"

"吃不起，吃不起。"戴船长连忙说，"就当你高抬贵手，让我蹭一口嘛。俗话说，要饭三年，皇帝都不换，跟你在一艘飞船上真是享福了。"

"马屁精。"唐博士催促道，"赶紧动手整，等哈怕时间来不及了。"

几人忙活起来，架锅熬汤打蘸水，不一会儿，香喷喷的麻辣火锅就备好了。小丁叫来幺妹儿，大家围着餐桌正要下菜，突然，通话器传来八条的呼叫："戴船长，'天梭号'科考飞船比预定时间提前到达，将进入交会对接轨道，请你们立刻返回驾驶舱，准备执行各项对接任务。"

"啥子玩意嘛！"戴船长气恼地扔下筷子，"还真会�掐时间，眼巴巴看着火锅整好了，硬是要卡脖子，不给人吃一嘴。"

"提前来个锤子。"余春水抱怨道，"他是屎屙裤裆，赶着上茅房啊。"

唐博士却手脚麻利地夹了点菜到火锅里烫起，说："你们去忙工作，我在这里守起火锅，收拾收拾，关火封锅，你们等哈再来吃。"

"那你还下菜做啥子？"戴船长问。

"我尝一哈味道咋个样嘛。"唐博士挥手道,"快点去,这里我搞定。"

"你不要偷吃,等我们来。"戴船长咽下口水,极不情愿地和余春水、小丁还有幺妹儿去往驾驶舱。

"天梭号"是一艘小型科考飞船,从金星轨道空间站过来,在完成金星大气层科考任务后,要返回月球科研基地。它收到上级指令,要与"蜀山号"运输飞船对接,顺路把幺妹儿带去月球基地。

"蜀山,蜀山,我是天梭。"驾驶舱屏幕上出现科考飞船内的影像,一个大胖子在向他们呼叫,一张肥嘟嘟的脸庞,几乎占满了屏幕画面。

"蜀山收到,通信正常。"戴船长应答,坐在驾驶舱系好安全带。

余春水说:"瞧这娃胖的,不晓得吃了啥子饲料,不说是从金星来的,还以为从高老庄来了一个猪八戒。"

"老乡好!我也是四川人,攀枝花的。"那胖子笑嘻嘻地向他们挥手问好,"我姓朱,大家叫我老猪,我老猪心宽体胖,贪吃但不懒做,出门在外喜欢交朋友,不会在意你咋个说我胖,胖就胖了,不存在啥子嘛。"

"好嘛!怪我多嘴了。"余春水也笑起来,"你过来,刚好赶上我们吃火锅,你来尝尝撒。"

"哦,火锅!"那胖子顿时激动起来,"你们居然可以在飞船上吃火锅,太巴适了嘛,等我等我,俺老猪来也。"

老猪让科考飞船自动运行,然后穿上一套最大号的舱内压力服,胖胖的身躯更显得臃肿,像一团硕大的棉花糖,飘浮在舱里。

八条操控飞船暂停重力离心机，船员舱缓缓停止旋转，飞船调整飞行姿态，等待"天梭号"科考船入轨对接。

不久后，科考飞船接近"蜀山号"船员舱的径向端口，顺利完成交会对接。

老猪打开轨道舱的前舱门，手拉脚蹬，飘进了对接通道。这段长约一米的通道直径只有 80 厘米，比较狭窄，他这个大胖子穿过来还有点吃力，活像一头狗熊撅着腚钻地洞，看到监控画面上那滑稽样，大家忍不住笑了。

"你娃行不行啊？不要被卡住了。"戴船长说。

"那倒不至于。"老猪气喘吁吁地说，"我每次有减肥的念头都是在过通道的时候……糟了，还真卡了。"

监控画面上，只见他的压力服上的供氧软管和背带缠住，卡在通道口。

"咋个办呢？"戴船长急忙问。

"没得事……我扯一哈。"老猪用力往前一挣，挣脱出来，飘进了轨道舱。但见显示屏上红灯闪烁，警示他的压力服出现气体泄漏，气压在急剧下降。

"漏气了，你娃漏气了……"戴船长惊叫起来。

对接通道里是真空环境，压力服一旦漏气，航天员将有生命危险。

"哦豁，着了①着了。"余春水意识到事情的严重性。

"没得事，不要慌。"老猪镇定自若，打开充气加压和应急

---

① 要出事了。

供氧。

八条操控飞船系统，给真空状态的对接通道充气，立刻进行复压，调整对接通道内外两端的气压。

片刻后，轨道舱内充满足够的空气和适当的大气压力。在这种正常环境下，老猪脱掉了舱内压力服，换上一身轻便的舱内工作服，准备打开飞船的径向对接口舱门。

大家见状不禁松口气。

戴船长说："怪吓人的，你娃真要减肥了。"

"好嘛！我定个小目标，一个月减重十斤。"老猪笑呵呵地说，"决不反悔，如果完成不了目标，我要给自己割肉放血……咋个回事？舱门打不开，坏了？"

双向承压舱门一直纹丝不动，并未开启。

"自动闭合装置失效。"八条报告，"请稍等，我在检查，排除故障。"

"今天是啥子倒霉日子，咋会出门连踩两坨狗屎？"老猪尴尬一笑，自我安慰道，"没得事，倒霉透了，就会时来运转万事顺……"正说着，突然传来一声闷响，飞船对接通道里冒出一股浓烟，转眼间，烟雾弥漫，包围了他。

"喀喀……救命啊！"老猪被烟雾呛得咳嗽，惊慌叫喊起来。

八条说："快穿上压力服，戴好头盔。"

监控画面上，只见老猪在滚滚烟雾中，摸索着拿起压力服，但随后发出惊呼："压力服坏了，咋个整？"

"趴下来，屏住呼吸。"八条迅速作出应急提议，然后对戴船长说，"我要操控飞船，你快去节点舱，手动打开承压舱门救他。”

戴船长赶紧解开安全带，准备过去，但他手忙脚乱的，没抓稳舱内的限位器 在失重状态下，整个人一下就飘浮起来，在半空中团团打转。

余春水见势不妙，松开座椅固定安全带，正要行动，一抬头，只见幺妹儿比他的反应还快，已经先冲出去了。

幺妹儿双脚一蹬座椅，借力蹿了出去。

她像鸟一样在空中滑翔，双手灵巧，抓住舱内的一个个限位器，从一个点移动到另一个点，动作流畅，很快到了飞船对接处的节点舱。她手法熟练，打开双向承压舱门，一头钻进去。在浓重烟雾中，她通过眼睛内置的微波辐射感应器，准确地找到老猪，将他带到节点舱。

幺妹儿放下老猪，关闭承压舱门，阻断了弥漫出来的烟雾。

随即，八条强制断开连接通道，抛开“天梭号”科考船，以免故障灾害殃及‘蜀山号”飞船。

危机解除。

老猪陷入昏迷中，幺妹儿在半空中抱住他，为他做人工呼吸。

“哇！”小丁看到监控影像，发出惊叹。

八条启动重力离心机，船员舱缓缓旋转起来，恢复了人造重力环境，飘浮在半空中的人落在地上。经过幺妹儿抢救，老猪醒转过来，睁眼看到一个美丽的少女在面前问他：“怎么样，感觉好点了吗？”

“没得事……”老猪转危为安，笑道，“大难不死，必有后福。"

"拜托你娃，不要说这句话了。"余春水赶过来，心有余悸地抱怨，"你一说没得事，就要出事，真是个霉搓搓①的背时鬼。"

"好嘛！我闷到起嘴巴。"老猪爬起来，跟幺妹儿道谢。

戴船长一直飘在半空中团团打转，等重力恢复后落到地上，他头晕目眩，抱着垃圾桶吐了一阵。

大家来到飞船驾驶舱，眼看着太空探测影像上，"天梭号"科考船自动驾驶，已经飞往月球。

"走远了。"老猪尴尬道，"任务失败，想不到我来带人，却留下来了。"

"平安就好，往后咋个办，我们等上头指令。"戴船长说着，忍不住又干呕了一下，"连清口水都吐出来了，害得我肚子瘪塌塌呢，先吃饭吃饭。"

"听说要吃火锅。"老猪高兴地说，"走走走，给我尝尝。"

"你娃不是要减肥吗？"余春水说。

"没得事，等吃了这顿火锅再减。"老猪大大咧咧地说。

余春水一把捂住他的嘴巴，紧张地看了看四周，担忧地说："着了着了，你个背时鬼，一开腔说'没得事'，我就感觉又要出事了。"

等了下，不见有什么异常动静，余春水这才松了口气："你以后莫讲这句倒霉话了，怪吓人呢。"

"没得……"老猪习惯性地要说出口头禅，反应过来，硬

① 倒霉。

生生憋回肚子，涨了个脸红脖子粗。

大家哈哈大笑。来到太空厨房，但见唐博士安稳地坐在椅子上，守着那口固定好密封的火锅。"唐博士，你真行实①，守住了我的魂儿。"戴船长迫不及待地打开火锅，却见锅已见底，只剩下一点儿底料残渣，所有新鲜菜都没了。

"我们的菜呢？"戴船长问。

"我尝了尝味道。"唐博士手捧胀鼓鼓的肚子，打了个饱嗝，"尝着尝着，就吃光了。"

"哦嗬！"余春水满脸沮丧，"我就说嘛，要倒霉了。"

第九章　奸细

戴船长和余春水在太空厨房里重新整了个火锅，小丁从唐博士那里又拿了点蔬菜来下锅，他们一起围着火锅吃饭。唐博士自知理亏，悄怆溜回房，一路上他一边直走一边不停地打饱嗝。

"味道淡哇哇的。"余春水尝了尝火锅，摇头叹气，"没啥子吃头了。"

"'唐老鸭'居然吃独食。"戴船长愤愤道，"他就不怕吃了嘴巴生疮啊？"

"一个人吃那么多，太造孽了。"小丁说。

---

① 形容一个人很能干，有本事。

"我觉得嘛，味道还是可以。"老猪甩开膀子，狼吞虎咽地吃起来，"在飞船上还能吃到新鲜菜，你们知足了吧。"

"知足个锤子，他憨撑烂胀的，把我们的油水都刮走了。"戴船长拍着餐桌说，"我很想宰了那个老鸭下锅熬汤。"

"戴船长，请你克制住犯罪念头。"幺妹儿说，"害人害己，你要坐牢的。"

"啥子哦！"戴船长哭笑不得，"我只是嘴上说说嘛，鬼火绿了，表达一哈心情。"

"那也不能用语言暴力威胁。"幺妹儿说，"请你冷静下来，凡事都要以和平友好的方式来解决。"

"好嘛。"戴船长说，"我祝'唐老鸭'身体健康，吃饭长膘，天天都下双黄蛋。"

幺妹儿说："这样友好多了，但为什么要下双黄蛋？唐博士不会下蛋吧？"

大家笑起来。

"仿生人果然与众不同。"老猪看了看幺妹儿，"人情世故是一种复杂微妙的东西，再高级的智能也很难完全理解。"

"幺妹儿只是没得鬼心眼，不会耍嘴皮子。"小丁直冲冲地说，"你看不惯也不要说她嘛。"

"你娃喜欢上仿生人了吧？"老猪见小丁为幺妹儿护短，哈哈笑道，"你放心，我老猪有对象了，不会跟你争。"

"那就好。"小丁哼了声，"你不要想着移情别恋，打歪主意。"

戴船长拿筷子敲了敲火锅："你娃太烦了，闷到起吃撒，不要丢人现眼。"

"谁丢人？"小丁反唇相讥，"是哪个输了不认账，说话像放屁？"

戴船长正要反击，忽听通话器传来八条的呼叫："戴船长，请来一下驾驶舱，有事找你。"

"你娃等到起，我回来再跟你理论。"戴船长撂下一句话，放下碗筷，前去驾驶舱。

"啥子事？"他问八条。

"飞船对接事故有些蹊跷。"八条给他重播了飞船对接通道冒烟的场景录像，"经检测，通道里的烟是一种杀菌用的热烟雾剂，主要成分是氯氰菊酯，对人体几乎无害。"

"啥子？"戴船长没听明白。

"说明烟雾可能是人为制造的。"八条解释说，"通过某种定时器，释放烟雾状的药剂，制造出电路发生故障冒烟的假象。"

"老猪干的？"戴船长问，"他要搞啥子？"

"不清楚他有什么企图。"八条说，"以目前的情况判断，在压力服漏气、舱门开启发生故障这些事故上，他都有嫌疑。"

"我晓得了。"戴船长一拍脑袋，"这娃耍手段，故意把事情搞砸，想要留在我们飞船上。"

"这种可能性很大，他还预先设定了自动驾驶程序，让'天梭号'科考船飞走，这样他就能留下来。"八条说，"我已经将这些情况分析，汇报给上级，我们等通知，看怎么处理。"

"哦哟！想不到我们飞船上潜伏了一个奸细。"戴船长并不担心，反而还有些兴奋，"这娃肥嘟嘟的一副老实样，居然暗戳戳地耍滑头，给我打冒诈儿。"他握起拳头，狠狠地说，"胖娃子，等抓到把柄，我要把你的肥肉捏成一坨油渣。"

太空厨房里。

老猪吃着火锅，谈笑风生，跟余春水和小丁摆龙门阵，说起他在金星大气层做科考工作的事："金星上的风太大了，每秒上百米，来头牛分分钟吹上天，牛皮都要吹破了，我敢说，我们金星科考站是全世界最拉风的，在那种地方多待一天，我都要疯逑了。"

"你们去那里有啥子意思？"余春水问。

"地外探测，哪个旮旯里都要去摸摸底。"老猪说，"在太阳系里头，金星的高层大气环境最接近地球，温度和气压都差不多，也是有氮气氧气的，人都可以直接呼吸，将来在金星上面造太空城了，人类可以移民过去。"

小丁说："在地球上不安逸，非要去金星抽风啊？"

"你娃不懂，这是太空扩张战略。"老猪解释道，"不要把所有鸡蛋放在一个篮子里头，不保险嘛，兔子还有三个窝子呢，所以我们要在太阳系里多搞几个据点，像月球基地、火星长城站、太阳日环核电站、金星太空城，将来我们还要去开拓系外星球，让人类的足迹遍及宇宙，就像蒲公英随风播种一样，可以更好地延续人类文明。"

戴船长回到厨房，听到他这话，就说："你娃还晓得太空战略，蛮有格局的嘛！"

"这是生活常识。"老猪说，"连人民公园的老大爷都会摆两句空间竞争资源优势是我们国家发展的百年大计。"

戴船长试探着问："你说的我们国家，是哪个国家？"

"就是我们国家嘛。"老猪诧异反问，"还有哪个国家？"

"哦，没事没事，我只是随便问问。"戴船长笑眯眯地说，"你以前有没有去国外留过学？"

老猪说："我在麻省理工学院读博，是大气、海洋和行星科学专业，咋个啦？"

"麻省是哪个省？"戴船长问，"我咋不晓得我们国家还有这个省？"

"老戴，莫丢人现眼了。"余春水说，"麻省理工在美国的波士顿，人家是世界名校，你还问哪个省，文盲啊。"

"我晓得了。"戴船长面露得意之色，"你是老美的人。"

"我早就回国工作几年了。"老猪皱眉道，"戴船长，你到底想说啥子？"

"潜伏得还挺深。"戴船长嘀咕了声，哈哈一笑说，"有个消息要通知你，上头说，你可以搭乘我们的飞船，但要听我的安排，不要乱搞事。等路上遇到从太阳核电站返航的飞船，就顺路带你回去。"

"好嘛！"老猪点头道，"你第一句话说啥子深？"

"说你学问深。"戴船长意味深长地说，"世界名校毕业，年轻有为，只要走正道就能成为国家栋梁，千万不要走了歪路，整成打烂仗的祸害。"

"瞧你这话里带刺的，咋会要掂我？"老猪哭笑不得。

"他就是这样。"余春水说，"领导嘛，要垮着脸，摆个谱。"

"另外，还有个天大的好消息。"戴船长说，"上头同意，幺妹儿可以留在我们飞船上了。"

"真的？"小丁高兴得蹦起来，"太好了，我们以后可以在一起了。"

"我的申请通过了吗？"幺妹儿惊喜。

戴船长点头："在处理这起事故中，你表现特别好，应急能力很强，发挥了很大作用，上头认为，可以把你留在飞船上做一下岗位测试，试用期到这趟运输结束，到时候看你表现好了，可以长期在岗……"他说着，看向余春水，"老余，还有个坏消息，幺妹儿要接手你的工作。"

余春水的脸色顿时一沉，流露出失落："难怪了，一直没跟我续签合同，我就说嘛，我们迟早都要被人工智能取代。"

"希望你能够理解，老余。"戴船长拍了拍他的肩膀，"时代在进步，科技在发展，我们这些老家伙不中用了，一天只晓得吃吃喝喝，吹牛皮冲壳子，做起事来真的不如机器人，也是该被淘汰，先是你，然后轮到我，我们只有回家去拿低保吃闲饭了。"

他这番话说得正儿八经，脸色落寞，嘴角却挂着一丝狡狯。

"余哥，对不起！"幺妹儿歉然道，"我是人工智能仿生人，只能服从命令。"

"没得事，不存在嘛！"余春水摆摆手。

老猪说："智能规模化运用是必然的趋势，太空运输行业也免不了，跑船这种工作单调枯燥，让机器人干最好。"

"这个我想得通，我只是不晓得，闲下来可以干点啥子。"余春水说，"不行就回家做个钓鱼佬。"他对戴船长说，"老戴，你可以去人民公园下象棋，跷着脚喝茶，跟那些老倌下两盘棋。"

"猪脑壳才混吃等死。"戴船长挥了挥手,"我的梦想是星辰大海,就算是下棋,我也要去外星球,跟绿皮肤的外星人对局才好玩嘛……扯远了,说起来,要不我们这哈来玩个有趣的小游戏。"

他掏出一把捆绑带,递给在座的每个人:"你们把自己的手绑在背后,我给你们一个想不到的惊喜。"

"啥子惊喜?"余春水问。

"绑起来再说嘛。"戴船长不由分说,拉过余春水的手让它们背在身后,将捆绑带扎在手腕上,"你们快点,惊喜马上就来了……小丁,你帮老猪绑起来,然后让么妹儿来绑你。"

"老戴,你吃圉子闹着了啊?搞哪样名堂?"老余被绑了手,惊疑不定地说。

戴船长眼见老猪被小丁绑住了,哈哈笑道:"这个游戏叫作'抓奸细',我们当中藏着一个奸细,问题是,要咋个把他揪出来?"

"啥子游戏要绑住手?"老猪嚷嚷起来,"你把我们当憨包耍啊?"

"你就是奸细。"戴船长立刻指着老猪,"老实交代,你阴起上我们的飞船,有啥子企图?"

"不要扯皮了。"老猪哭笑不得,"你再瞎闹,我给你毛起。"

"哦哟,还毛起。"戴船长笑嘻嘻地拍了拍老猪的脑袋,"跟你明说,你娃露馅了,放烟幕弹这种事都干得出来,你不是奸细,哪个是嘛?"

"你晓得了啊。"老猪尴尬地说，"那我也撇脱点，我是想留下来，跟你们去太阳核电站。"

"不要跟我装憨带宝。"戴船长道，"你想去哪里，咋个不跟上头申请？非要打冒诈儿，暗戳戳地来我们飞船搞破坏。"

老猪说："就是因为申请不了嘛，我工作任务重，脱不了手，我女朋友在太阳核电站，我们好久没见了，我很想去找她，只好用这种方法。"

"去找女朋友？"戴船长笑道，"你觉得，哪个哈儿会相信你这种鬼话？"

老猪叹口气："我懒得解释了，你想咋个办？"

"游戏结束。"戴船长给余春水和小丁解开捆绑带，然后说，"我们把这个猪头扔到太空里，冻成老腊肉。"

"别别别……"老猪叫起来，"戴船长，你不要耍法了，滥用私刑走上犯罪道路。"

"那你就老实交代，坦白从宽。"戴船长坐下来吃起火锅，"从头到尾慢慢说起，我们有时间听你编故事，冲壳子。"

"好嘛！我讲一哈情况。"老猪垂头丧气地说，"我跟女朋友好了十年，谈到要结婚了，她在太阳核电站，是日环二期建造工程的监理工程师，工作忙，任务紧。我们有两年多没见面了，平时只能视频联系，最近吵架，她发脾气跟我闹掰了，不理我，不回信息，我心里难受，想去找她挽回一哈，等不到假期，我只好打主意上你们的飞船过去找她……"停了下，老猪接着说："你们看我的通信器，里头有我给她发的最后一条视频，密码是520520。"

戴船长打开他手臂上的便携通信器，输入密码，调出视频留言，只见画面上老猪在恳求女朋友："亲爱的淑芬，我的小乖乖，你听我说嘛，是我错了，对不起，你不要生气了好不好？我天天都在想你，想找你当面认错，扇自己几百个嘴巴，把我这张惹你生气的臭嘴打烂了，我要跪到起，跟你磕头认错……"

"又是个怕婆娘的耙耳朵。"戴船长关了视频，对余春水说，"这个肥嘟嘟的耙耳朵比你还耙。"

余春水翻了个白眼，问老猪："你咋个得罪她？"

"唉，我家里头催婚。"老猪叹气道，"她忙工作又回不来，我妈就喊我逼她，把她惹毛了撒。"

"活该！"余春水说，"你逼个铲铲，这种事上要跟她讲软话，好好地哄一哈。"

"哥，你说得对。"老猪连连点头，"所以我这趟过去，就想死皮赖脸地把她哄回来。"

"好嘛！"戴船长吐槽，"费力劳神抓奸细，搞半天抓了个耙耳朵，不过嘛……"他话锋一转说，"哪个晓得你娃是不是在鬼扯，来阴到起祸害我们？"

"戴哥，相信我嘛。"老猪说，"我发誓，有半句假话就天打雷劈，火烧屁股，把我整成烤猪。"

"上头要我把你看管起来。"戴船长沉吟道，"咋个办呢？"

老猪恳求说："只要带我去太阳核电站，咋个整都可以，我一定配合。"

戴船长作了个决定："那就把你送去货舱，单独软禁起来。"

他带老猪穿上舱内压力服，离开船员舱，乘坐升降梯，沿着重力离心机的旋臂通道往下，到连接飞船货运舱的一个节点舱，然后开启舱门进入一个舱室。

这是个独立封闭的舱室，布满电子设备监测自动货运机，这里可以入住检修人员，但没有人造重力环境。

"你就在这里窝起。"戴船长对老猪说，"等到了核电站，把你移交给安全人员处理。"

"好嘛。"老猪坦然道，"这段时间我面壁思过一哈，回头见！"

"如果你没扯谎，我还是希望你见到女朋友跟她和好。"戴船长临走前，嘿嘿一笑，"你娃该减肥了，为了让你有个健康的形象，以后每天只给你少量的营养餐，保准让你一个月瘦十斤。"

"要得！"老猪哈哈大笑，"衣带渐宽终不悔，为伊消得人憔悴。"

第十章　日环

太阳轨道核电站，是人类史上最宏伟的太空工程，建在距离太阳表面 360 万千米的近日轨道上，核电站使用火星矿物制造的电池组，源源不断地从太阳获取能量，为人类提供了强大的能源支持。

早在 2041 年，火星长城站的科研人员探测火星岩石层，发现了一种特殊的有机矿物，有极强的光热吸收性，能够以核反应的方式高效转化、储存及释放能量，是制造核能电池的天

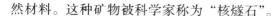

然材料。这种矿物被科学家称为"核燧石"。

经过两年时间的研发，中国科研团队将核燧石矿物运送到近日轨道上，在太阳高能粒子超高温环境下，成功制造出了高能核电池，有效地将太阳能转化为电能。

2053 年，中国在太阳轨道上建造了超级工程"日环"太阳核电站，开始规模化生产太阳能核电池，并由此成立了以省会及地方命名的太空运输舰队，把从火星上开采加工来的核燧石运送到太阳核电站，再把核电池产品运输到火星长城站、月球基地和地球。

这种高效、安全、环保的新能源，开启了人类向地外移民和太空探索的新纪元。

"蜀山号"运输飞船满载核燧石矿物，从火星出发，经过219 天的航行，抵达"日环"太阳核电站。

进入太阳的日冕层空间。

为抵御极高温度，飞船前端展开了一个由强化碳复合材料制造的"太阳盾"，像撑开一把巨大的保护伞，反射和散射大部分的太阳热能，将飞船与超过 1400 摄氏度的高温热源隔离开来，保持飞船内部温度稳定。

除了热防护太阳盾，飞船上还搭载了特制的冷却保护系统，通过液氮冷却剂来降低温度，保持船员舱内部一直稳定在30 摄氏度以内的适宜温度。

在距离太阳 518 万千米的地方，"蜀山号"飞船遇到了围绕太阳运转的"夸父号"太阳探测器，它运行在倾角为 98° 的太阳同步轨道上，通过各种精密探测仪器，全天候持续不断地对太阳进行观测。一旦发现太阳出现反常情况，比如爆发太阳耀斑、太阳风暴等极端现象，"夸父号"太阳探测器将第一时间发出警示。

"哇，好大啊！……"

小丁在驾驶舱，头一次看到主屏幕上显示飞船外那宏大壮观的"日环"太阳核电站，不由得发出惊叹："我的乖乖！看着就像外星人建的太空城，把太阳都遮住了。"

"那是近大远小的视觉差。"余春水在一旁说，"太阳核电站离我们近了，看起来就很大，实际上它跟太阳比起来，只不过是沧海一粟。"

太阳核电站的主体是一个直径为 42 千米的扁圆形，由网格状的碳复合材料制造的骨架支撑连接，在朝向太阳的一面，安装了蜂巢般密集的核燧石模块，用于吸收太阳能量；在背阳的另一面是核电站中心控制塔、机器人工厂，以及一座日环工程人员所在的太空城，四周环绕着一圈停靠运输飞船的太空港。

"咋个会叫日环？"小丁问，"我看它像一个圆盘。"

"核电站工程还在建设嘛。"余春水说，"圆盘只是一个起点，以后要围绕着太阳往四面八方扩张出去，建成环状结构，然后像网兜一样套住太阳。"

"套住太阳？！"小丁惊讶得张大嘴。

"是撒。"余春水道，"整个工程计划要用 2000 年时间，最后要建成一个直径为 900 万千米的大网兜，套住太阳，搞成一个永不枯竭的能源基站。"

"太牛了！"小丁惊叹不已，"哪个天才脑壳想出来的主意？"

"这是用我的名字命名的。"戴船长端着茶水杯过来，大大咧咧地说，"你娃记住了，这个超级工程用的技术，叫戴森球技术。"

"啥子戴森球？"小丁无法置信，以为他在胡扯。

"倒是叫戴森球。"余春水说，"但人家是科学家弗里曼·戴森，跟你老戴没半毛钱关系。"

"咋个要跟我同名嘛。"戴船长说，"说明是一种缘分，我们戴家人才辈出。"

"人家是老外，姓戴森，名叫弗里曼。"余春水嘲讽道，"不要生拉硬扯的，人家才是正宗的戴森，你算个逑。"

"我好歹还有个逑，你有个毛？"戴船长看向他的秃顶。

"懒得跟你耍嘴皮了。"余春水悻悻地说，"等到了核电站交代完工作，我们一拍两散，以后你跟八条、小丁冲壳子，我回家去找婆娘娃儿过日子，我们不用再见了。"

戴船长嘿嘿一笑说："我之前跟你说了一个坏消息，你在飞船上的岗位被幺妹儿顶替了，现在我要跟你说一个好消息……那是我骗你的。"

"啥子？！"余春水一把揪住他，"老戴，你莫逗我，把话说清楚点。"

"我就是瞎扯，逗你玩的，小老弟！意不意外，惊不惊喜，开不开心？"戴船长一张脸笑得要变形。

余春水鬼火了，很想给他几巴掌，但随后摇了摇头说："老戴，你真是太作怪了，这回吓着我了，好些天睡不着觉，吃饭没得胃口，一想到要被辞退回家，就感觉发昏，人生前途一片灰暗，活着没意思了。"

"这么严重？"戴船长道，"说明你舍不得离开我们，好感动。"

"我舍不得工作。"余春水哭笑不得，"我要挣钱养家糊口的嘛。"

戴船长拍了拍他的肩膀："这哈放心了，你的工作稳当呢，没得事……"

"打住打住。"余春水脸色一变，"啥子'没得事'，这话说出来霉搓搓的，咋会有种要翻车了的感觉？"

"老猪的口头禅嘛！"戴船长说着，忽然一愣，"糟了，我把老猪搞忘了，今天还没送饭给他，这个猪头怕是饿得嗷嗷叫了。"

戴船长打开监控画面，只见被关在飞船货舱监测室里的老猪飘浮在半空中一动不动，他吓得赶紧通话呼叫："老猪，老猪，你咋个啦？"

老猪微微一颤，有气无力地哼唧："我要饿死了……戴哥，行行好，给我口吃的吧。"

"好呢，好呢！"戴船长打开物资传送通道，把太空食品投放下去，通过自动机器运送到货舱里。

老猪拿到太空食品，狼吞虎咽吃起来，两眼泛着泪花，呜咽道："戴哥，你就算是养猪，也要准时投喂嘛，这下可把我饿惨了。"

"帮你减肥嘛。"戴船长尴尬道，"你看起来比以前瘦多了，身轻如燕，随风摇摆，人见人爱，你女朋友见了都要夸你帅。"

"老戴，你莫坑人了。"余春水说，"你瞧瞧，这娃眼睛都

饿绿了，不晓得的还以为我们在飞船上养了头狼。"

"坚持住。"戴船长跟老猪喊话，"我们要进核电站了，你准备准备，到时候跟女朋友求婚。"说完他关了监控画面。

"老猪会不会被拘留？"小丁担心地问。

"无所谓嘛！"戴船长说，"要是给我一个老婆，让我坐牢两年都可以。"

"我可以坐牢五年。"小丁看了看幺妹儿。

余春水摇头道："自从结了婚，我坐牢十年了。"

"囚犯，把耳朵，年龄 34 岁。"戴船长用审判长的腔调说道，"因诱骗女性进入婚姻殿堂，被判无期徒刑，剥夺男性权利终身，入狱服刑至今已有九年零六个月……说起来是有点造孽啊。"

"就是撒！"余春水感叹，"婚姻好像一座监狱，进来的人要一辈子乖乖地坐牢，不要想着越狱了。"

"我也愿意。"小丁说，"一辈子待在爱人给我打造的牢房里头。"

戴船长嘲讽道："机器齿轮咔嚓转动，给你套上爱情的绞绳，嘎吱嘎吱绞得你娃翻白眼。"

"戴哥，你被八条绞过脖子，感觉咋个样嘛？"小丁说。

戴船长正要反击，只听八条说："即将进入日环核电站对接轨道，飞船减速，在 20 分钟后停靠太空港，请大家做好准备。"

驾驶舱大屏幕上，飞船前方的核电站庞大无比，遮天蔽日，几乎占据了整个屏幕。戴船长等人坐到安全座椅上，开启保护锁定装置，等待飞船自动循轨驶入太空港，船员将通过对接通道，进入核电站的太空城。

在这期间，船员舱的人造重力离心机逐渐停止运转，因为接近太阳，恒星的引力足够让人站稳——日环建在距离太阳表面360千米处，在这个位置上，重力正好是1G，与在地球表面上一样。

唐博士带着鹦鹉来到驾驶舱入座，所有人都固定好了，只有鹦鹉还在飞来飞去，看到大屏幕上越来越接近的核电站，害怕得叫嚷："Oh my God！要撞上了，撞上了……"

"小宝不要慌！"唐博士招呼它，"过来我抱抱。"

鹦鹉扑腾几下，却落在了小丁身上，缩着脑袋发抖。

幺妹儿坐在旁边，伸手过去摸了摸鹦鹉的羽毛，安慰道："没事，没事，不要紧张。"

"着了！"余春水嘟囔道，"最怕听到有人说没得事，一说就要出事，这哈都有两个人说了，还没算上这个小雀子的乌鸦嘴。"

"你慌啥子嘛！"戴船长道，"说句话也怕，咋会这么迷信？"

"飞船停靠事故率有2.7‰呢。"余春水道，"四年前就有一艘运输飞船撞上太空港出事了。"

"我不信邪。"戴船长说，"我偏要讲没得事、没得事、没得事……"他正叨念着，突然见飞船驾驶舱红灯闪烁，一级警报声大作。

"'夸父号'太阳探测器警示，太阳表面爆发了强烈的耀斑。"八条查看警报情况，"太阳耀斑释放出的巨大能量，正向我们袭来。"

出大事了。

从 X 射线通量的监测数据上看，这次太阳耀斑超过历史纪录上最高等级的 X 级强度，竟然达到了恐怖的 X29 级别。探测器显示，太阳表面出现一个强烈闪光，犹如亿万颗核弹同时爆炸，太阳向外抛射出大量日冕物质，狂暴的火舌冲向百万千米外的太空，一场超级太阳风暴，正朝着核电站席卷而来。

"会咋个样？"戴船长急忙问。

八条说："这种强度的太阳风暴释放出的高能粒子和电磁辐射，将对核电站、太空城、我们的飞船造成极大危害，会导致设备损坏、通信中断、导航系统失效。"

"着了着了……"余春水惊慌起来，"我就说嘛，要出事了。"

"有多严重？"戴船长又问。

"难以估量。"八条查看观测数据，"太阳耀斑强度还在不断增加，已经攀升到了 X33 级，如果再增强，超过核电站的防御上限，我们这里所有的物体都要被太阳风暴摧毁。"

"哦嗬！"佘春水满脸惊恐，"太倒霉了，一出事就是大毁灭，老戴，你这张嘴巴太毒了。"

"都怪我这张臭嘴。"戴船长懊恼地抽了自己一嘴巴，"八条，要不我们赶紧让飞船掉头，加大马力跑路。"

"跑不了。"八条说，"太阳风暴最高速度可达每秒 800 千米，我们飞船最多能达到每秒 20 千米的航速。"

"那要咋个办？"戴船长问。

"没办法了。"八条说，"太阳风暴在 90 分钟后到达，你们现在还有时间留遗言。"

"遗言！！"戴船长惊呼，"不至于吧。"

"戴船长，我只能说很遗憾。"八条说，"我现在能做的，就是把你们的视频留言发送到地球，你们快点，再往后太阳风暴造成电磁干扰，连信息都发不出去。"

"我不想死……"小丁哆嗦起来，"妈妈，妈妈……我要找我妈！"

鹦鹉直觉敏锐，感到危险来临，吓得趴在小丁身上屙了泡鸟屎。

唐博士面色苍白地说："游戏结束，想不到，我的结局是在这里被烧成灰灰。"

"完了完了……"余春水绝望摇头，"我咋个跟婆娘交代嘛？"

"成都，成都，我是蜀山。"戴船长抓起通话器呼叫，"太阳要炸了，你们晓不晓得？要咋个办嘛，赶紧说一声，不要阴到起，太吓人了……"

"成都收到！"

"蜀山号"飞船此刻靠近核电站，与舰队指挥中心没有通信时间差，通话立刻得到回应，只听对方淡定地说："戴船长，你不要慌嘛，上级在研究对策，咋个办很快就会答复，你们在原地待命就可以了。"

"在原地等火烧屁股啊？"戴船长叫嚷起来，"你倒是说得轻松，不要慌，咋个可能不慌嘛，我这哈毛椒火辣的，吓尿了。"

"不要鬼叫，耳朵都震麻了，多大的事，不存在嘛，你尿湿了就换裤子，然后喝口水冷静一哈，没得事。"

"啊呸！再说没得事，你要负责。"结束通话，戴船长跟余春水说，"这哈不是我说的，出啥子事跟我没得关系。"

"算了，唉！"余春水哀叹一声，他打开手臂上的便携电脑，给家里人发视频留言："婆娘，我出事了，最后跟你讲几句话……"

停顿了一下，余春水接着说："我也不晓得要讲哪样，脑瓜子嗡嗡的，就像被哪个憨贼敲了一棒子，这哈乱得很，都怪我不好，以后没得机会跟你和娃儿一起生活了。这些年，我在家的时间少，几乎都是在外头跑船，实在对不住你了，让你一个人在家，老老小小的事都让你操心，我就像占着茅坑不屙屎……唉！我这哈连坑都占不住了，你不要太难过，以后重新找个人吧，陪在你身边好好过日子，我是因公牺牲，会有一笔抚恤金，留给你，就当是陪嫁了……另外我还存了点私房钱，藏在家里洗手间的管道井里，装在防水袋里头的一张银行卡，密码是娃儿的生日，钱不多，你就跟娃儿说，是爸爸给的零花钱，我以后要出远门，再也不回来了，我会想你们的……"

余春水絮絮叨叨说着，一转眼，看到小丁在旁边哭得一塌糊涂，他就劝小丁："你娃莫哭了，男子汉大丈夫，坚强点嘛！"

"不是……余哥，你说得太感人了。"小丁哽咽道，"我听了想哭。"

"你娃当看戏啊！"余春水苦笑，"有这点时间你也跟家里头说一下嘛。"

"我不晓得咋个说。"小丁摇了摇头，"我只有我妈，没得婆娘，没得娃儿，也没得私房钱，我没得啥子要跟家里头交代的。"

"你娃太耿直了，真是清清白白。"余春水感叹，"小兄弟，很高兴认识你，我们不求同年同月同日生，但求同年同月同日死。"

"余哥！"小丁忽然说，"要不趁还有点时间，我们结拜一哈。"

"可以啊！"余春水点头，"我们结拜兄弟，以后我就是大哥，你是我小弟。"

"大哥！"小丁喊了声，"跟大哥死在一起，我也就不怕了。"

"你们不要乱精神了，先听上头咋个说。"戴船长见指挥中心发来信息，急忙拿起通话器接听。

"蜀山，蜀山，我是成都，上级决定，采用科学团队提出的一个灾难应急方案，调动所有的运输飞船，将核燧石投放到太阳风暴来的路径上，用大量矿石吸收掉一部分太阳能量，保障核电站的安全。现在通知你们，立刻乘坐逃生舱离开飞船，由太空救援队将你们带到太空城避难，飞船上只留下机器人来操作，驾驶飞船执行投放矿石的任务，晓得了吧，戴船长？"

"晓得晓得，太好了！"戴船长大喜过望，"感谢上级领导英明决策，给我们指明了一条活路。"

"哦，对了，你们飞船上的仿生人是重要的国家财产，要把它带出来。"

"好呢！"戴船长立刻说，"这么贵重的财产，我要亲自保管，保证完好无缺。"

通话结束。

飞船驾驶舱里爆发出一阵欢呼声，戴船长和余春水、小丁都激动不已。

幺妹儿看向八条，问："让你去执行任务，还能回来吗？"

八条说："返回概率为零，最高峰值的太阳风暴将摧毁一切物体。"

戴船长反应过来，顿时感到不安，他问："八条，你可以复制一份数据吧？给我带走，以后找台新机器，用备份数据把你克隆出来。"

"时间来不及了。"八条说，"戴船长，没关系的，机器人不存在生死问题，像我这样的机器人有大量库存产品，'蜀山号'飞船毁了可以重建，以后会为你们重新配置一台同样型号的机器。"

"但在我眼里，你是不一样的。"戴船长很是失落。

"谢谢！"八条催促道，"时间紧，你们赶快离开，保重！"

"再见！"

戴船长不再多说，当即带领大家前去乘坐逃生舱。

随后，停靠在太空港上的一艘艘运输船预备启动。在短时间内，一条条运输流水线上，无数台自动货运机器运行起来，井然有序，将电站库存的核燧石运送到飞船货舱，所有飞船设定为机器人驾驶模式，即刻起航离港。

四川舰队全体出动。

青城舰、绵阳舰、乐山舰、德阳舰、自贡舰、攀枝花舰、宜宾舰、泸州舰、阆中舰、凉山舰……就像一辆辆灭火的消防车冲向火灾现场，犹如勇士奔赴战场。此外，还有云南舰队、河南舰队、山东舰队、福建舰队等各大舰队的太空飞船，全都启动出发了。

一艘艘飞船满载核燧石，以最大动力全速前进。

瞬间，一道道核动力引擎喷射出的蓝色火焰划破漆黑的太空，如同下了一场流星雨，飞船在空中转向，拉出一条条壮丽的弧线，像神话传说中后羿的利箭，射向喷吐狂暴烈焰的太阳。

八条独自在驾驶舱，等到蜀山号飞船上一个个逃生舱弹射出去后，它启动飞船，掉头转向，追随着前方那一道道光芒，冲向太阳风暴的火海。

永别了，船员们！

飞船按照程序设定的矿石投放航线前进，预计在15分钟后冲进太阳风暴，到那时，飞船的太阳盾将被摧毁，当飞船外壳熔化以后，货舱内的核燧石大量吸收太阳能，将有效地降低太阳风暴的强度。

"八条……"

八条突然见戴船长闯进驾驶舱。

"戴船长，你怎么没走？"八条如果是个人，此刻肯定会震惊。

"我失误了，糟了糟了……"戴船长气喘吁吁地说，"我把老猪搞忘了……老猪还在货舱，我要去救他。"

承受着太阳引力造成的重力负荷，他手脚并用，拉着舱内限位器艰难地爬向船员舱端口，开启舱门，进入升降梯，去往飞船货运舱。

八条打开监控画面，只见老猪被关在货舱监测室里，对外界变故一无所知，吃饱喝足以后趴在地板上，正安然酣睡。

如果货舱投入太阳风暴，老猪在梦中一刹那将化为灰烬。

八条反应迅速，立刻将飞船减速，准备向指挥中心汇报情况。但此刻，太阳释放出的高能 X 射线、伽马射线以及带电粒子构成的巨大脉冲，严重干扰了通信器，无法与指挥中心取得联系。

在进入太阳风暴之前，应该关闭飞船引擎以及所有电子设备，让飞船依靠惯性前进，否则，飞船遭到太阳风暴形成的电流冲击毁坏设备，将无法完成核燧石投放任务。

八条权衡计算了一下，以保障船员生命安全为第一原则，作出选择。它呼叫戴船长："你把他带回来，行动要快，我准备将船员舱与货舱分离，然后用船员舱带你们返回太空城。"

"晓得了……"戴船长在通道里爬行，超过 3G 的重力让他像背负着一座山，他问："还有多长时间？"

"五分钟。"

"老天！"戴船长惊慌得满头冒汗，"造孽了，我可不想当烈士。"

他来到飞船货运舱通道顶端的节点舱，却怎么都打不开舱门。

"咋个打不开门？"

"电磁干扰故障，要手动开启。"八条告诉他，"时间还有四分钟二十一秒。"

"咋个用手动开喭，门把手呢？门把手在哪里？"戴船长急得像一只无头苍蝇团团乱转。

"时间还有四分十三秒。"

"你个铁脑壳，不要倒计时了，给我冷静一哈。"戴船长深吸口气平复情绪，终于想起在舱门侧边的应急手动装置，他扳动开关，打开舱门。

"戴哥，你亲自来给我送饭啊？"老猪醒过来看到戴船长，有些惊讶。

"送你个铲铲，快走。"戴船长用力拉起他，沿通道返回，"飞船要炸了，我们赶紧逃命。"

"我在做梦？"老猪拍了拍自己的脑袋。身体被太阳巨大的引力拖拽着，他感觉手臂沉重，这才意识到出事了。

飞船突然震动，一阵强大的带电粒子脉冲袭来，造成电子控制系统报错。飞船外壳前端，能承受 2100 摄氏度高温的太阳盾面板上闪烁着蓝白色的弧光。

飞船内部空气产生大量静电，电压超过 3000 伏特。

"太离奇了……"老猪晕乎乎，看见戴船长的头发像刺猬一样岔开。

戴船长拉着老猪，竭尽全力往回赶，终于来到船员舱，关上舱门，他大喊："八条，抛掉货舱，带我们走。"

但没有回应。

受太阳风暴脉冲影响，八条的电子元件丧失功能，倒在驾驶位上。

操作台上嘶嘶啦啦闪烁着电火花。大量静电使空气产生了淡蓝色的臭氧，弥漫着刺鼻的气味，让人感到皮肤像触电一样刺痛。距离太阳越近，重力负荷越大，两人站不住脚，感觉快被压成肉饼。

"哦嗬！"戴船长说，"老猪，我们跑不脱，要变成烤猪了。"

日环太空城。

余春水、小丁、唐博士和幺妹儿的逃生舱被救援队运送到太空港，他们出舱后在港口等待消息。

大屏幕上播放着舰队飞进太阳风暴的影像，观测显示，一艘艘飞船在极高温度下熔化，随着飞船上运载的核燧石大量吸收能量，在通往日环工程的路径上，太阳风暴在不断减弱，最后下降到了日环安全防御值以内。

周围人群发出劫后余生的欢呼。

唯有他们几人面面相觑，感到不妙。

"糟了！"余春水难过地说，"老戴怕是回不来了。"

"再等等。"小丁说，"戴哥命硬呢，没得事。"

"没得事，没得事，好嘛，但愿没得事。"余春水满脸无奈，念叨着。

"瓜批！瓜批！……"鹦鹉站在唐博士的肩膀上叫嚷，"瓜批来了……"

忽然只见一颗火流星一样的东西出现在观测画面上，它划过天幕，带着太阳风暴产生的离子鞘灼热光芒，穿越日冕层，飞向日环太空城。

那是"蜀山号"的船员舱。

外壳热防护盾仿佛在熊熊燃烧，舱内冷却装置开到极限，温度仍然高达50多摄氏度。"太爽了，就像蒸桑拿。"在闷热空气中，戴船长浑身汗淋淋，叼着饮水管不停地喝水。

"戴哥，悠着点喝，一哈子喝太多，会水中毒呢。"老猪同样热得全身冒烟。

"没得事，上刀山下火海，看我一身都是胆，哈哈……"戴船长大笑。

"啥子哦！"老猪说，"要不是我会手动操作飞船，我们早就挂了。"

"晓得，你是世界名校高才生嘛！"戴船长说，"但要不是我来救你，你早就脑壳上冒光环，变成你女朋友的梦中情人了。"

"大难不死，必有后福。"老猪感慨道，"但愿她回心转意，跟我结婚，那就巴适了。"

"可以可以，事先说好，我要做你们的证婚人。"戴船长说着，伸手拍拍身旁的八条，但很快又缩回了手，"哦哟，这个铁脑壳还有点烫手。"

"戴船长，你做得很好……非常勇敢……"八条发出断断续续的声音，"电子故障，我需要修理……谢谢……"

"跟我客气啥子，不存在嘛！"戴船长说，"你脑壳烧坏了，就不要开腔了，待机休息一哈。"

"你两个也是……"老猪看出端倪，笑道，"也许，以后我也可以做你的证婚人。"

"结啥子婚。"戴船长傲然道，"我的梦想是探索星辰大海。"

日环太空城。

余春水收到老婆发来的视频，只见女人泪眼红肿，冲他吼："老余，你个龟儿砍脑壳的，发个信息来吓死人了，幸好看到新闻直播，才晓得你没事，把我急死了，你就安逸了啊？你个烂嘴壳，留个遗言，话都不会说，啥子你占着茅坑不屙屎？你把我当作茅坑啊？"

余春水嘿嘿笑起来。

"看看你藏的啥子私房钱。"女人手拿一张银行卡在镜头前晃动，"藏在厕所管道井里头，一层层包得像个粽子，还以为你存了几百万，结果让老娘白高兴一场，真的只是点零钱，你还好意思，皮子痒了啊，快点滚回家来，看老娘咋个捶你……"

余春水看着视频笑出了眼泪，在泪眼蒙眬中，他看到戴船长等人走过来，他们都是嬉皮笑脸的，就像看到了什么有趣的事。

钟云

鲁迅文学院学员，中国科幻作家，世界华人科幻协会理事会成员。代表作品为《灵海》长篇科幻系列。创作的电影剧本《无忧世界》获第五届"光年奖"最佳科幻剧本一等奖，创作的长篇科幻小说《灵境：末日余烬》获第七届"咪咕杯"奇想空间厂牌"无垠杯"银奖。

被光抓走的人

董润年

我认为每一部电影，在创作层面，其实都必须抛
开所谓的成功经验。

　　"一开始我就想作一些创新和探索，特别满意我们做到了。"董润年说。

　　2019 年的年末，一部被称为"现实主义轻科幻"的电影《被光抓走的人》上映，在影片中，导演董润年作了一个奇特的设定：一道白光突然出现，地球上一部分人凭空消失了，而据所谓的大数据统计，被带走的人都是拥有爱情的人，那么被留下的人又该如何面对不被爱的现实？

　　设定很离奇，填充其间的依然是真实的生活血肉。董润年大胆尝试用四条几乎没有交集的故事线来阐释主题，讲述了相敬如宾的中年夫妻、老公出轨的女人、年轻情侣、社会边缘的男人的故事，当他们陷入"与爱人不相爱"的拷问之中，困惑、不安、猜疑、试探等便在内心不断滋长。这一道突如其来的白光，犹如爱情的试金石，照出了关于爱的真相，暴露出人在情感关系中的虚伪与固执，以及爱的背后，人性的纠结。董润年希望观众看到"四对人物最终明白自己到底是什么样的一个人，认识到自己内心的一个真相，与自己和解，得到内心真正的平静"。

　　这是一个只有用科幻的思维方式才能产生的"思想实验"故事，通过科幻设定，创造出一个异常的极端环境，就像当一个人突然知道自己身患绝症，原本正常的生活肯定会发生大的改变，内心也会受到强烈冲击，曾经认为坚固的东西是那么脆弱不堪——这就是科幻在拷问人性上独特的作用。

　　这种题材在欧美影视中不算少见，但在国内还比较新鲜，选择这种题材，就意味着创新和探索，要走一条突破国产类型片边界的拓荒之路。"我是一个好奇心比较强和涉猎比较广的创作者，从做这部电影开始，不管是对爱情的表述，还是对人物内心的反思，包括在类型、形式上，都想作创新。"董润年在创作电影之初这样说。而时至今日，四年多的时间过去了，有足够的审视距离，再次谈及这部作品，董润年会有怎样的看法？为此，《科幻剧场》特邀董润年，就这部电影的选题、科幻设定和故事创作作了回答。

　　科幻剧场：董导你好，你作为编剧，知名的代表作品有《心花路放》《老炮儿》《疯狂的外星人》等，首次执导电影《被光抓走的人》为什么会选择用"现实主义轻科幻"这样一种形式来表达爱情主题？

　　董润年：爱情其实是最不好表现的电影主题之一。因为爱情是非常私人的一种感受，怎么外化给观众，让观众能通过角色的行为理解他们的内心，是很困难的。古今中外的创作者，都在试图把相爱的人放在极端的情况下，考验他们，折磨他们，以此来让内心戏转化为行动。所以我也想创造一种极致的情境，来看看爱人们在这种情境下是如何相爱或者分开的，而科幻是创造极致情境最好的方法之一。

　　科幻剧场：在中国，"爱情+轻科幻"还是一个很少有导演涉及的题材，这就意味着创新和探索，你是怎么考虑离开以

往成功经验的路径，走上这样一条创新的路子？

董润年：我比较喜欢尝试新的东西，不太喜欢在舒适圈里待着。我认为每一部电影，在创作层面，其实都必须抛开所谓的成功经验。就创作这种事情而言，以前的每次成功中，各种天时地利人和的偶然因素都很多，其实没人说得准到底以前的哪里算是成功的经验。而且时过境迁，创作者的心态、状况不一样了，观众的心态、状况也不一样了，以往的成功经验很可能都变成了束缚。观众永远喜欢新的东西，创作者也永远应该去努力创新，不断创新可能算是唯一能长久不变的经验了。

科幻剧场：确定用"光照事件"这个奇特的设定以后，在创作过程中，你还做过哪些没有用上但非常有趣的推演？

董润年：最旦的设定其实都不是"光照"，而是有很多外星飞船突然出现在很多城市的天空中。那些飞船就跟天刚亮时悬在空中的月亮一样。它们是透明的，被飞船抓走的人，我们在地面上能看到他们在飞船里生活，但是我们没有任何办法和能力到那些飞船上，用导弹射过去，也只会穿过，说明那些飞船并不是我们这个维度的时空里的实体。我曾经按照这个设定推演过一些情节，但是后来发现最大的障碍，一个是在制作上，特效的花费太贵了；另外一个就是，有那么一个时时看得见的东西悬在头顶，人们的生活方式和情感会发生太大的变化，甚至对社会形态都会有影响，感觉那样推演下去，这个故事就不是关于人与人的情感了，跟我想探讨的问题不一样了，所以就放弃了那个方向，最后选择了更神秘的光。之所以选择光，是因为我一直记得斯皮尔伯格说过的一句话，大意是人们总喜欢用黑暗来表现恐惧，但其实光也能带来恐惧，因为你一样看不到光后面的东西。《第三类接触》的外星飞船登场，小男孩被绑架时，门外就射进来极亮的光芒。这个对我的影响还是很大的。

科幻剧场：董导是一个资深的科幻迷，早在1997年读书的时候，就和同学乘火车到北京，参加中国科幻大会，还将美国科幻作家大卫·赫尔"堵"在餐厅里聊天，特好玩的一件事。你可以大概讲一下当时的情况吗？一个中国学生和美国科幻大师聊了些什么？

董润年：我表达了对他的作品《天幕坠落》的喜爱，问了他当时在创作什么新的小说之类的，东拉西扯了几分钟，然后请他签了名。当时我很紧张啊，又是通过英语对话，过后其实已经完全忘记他回答了什么。主要问题是我俩其实没有参会证，前一天晚上就来蹲点，第二天趁人家吃早饭的时候混进了餐厅。那天除了大卫·赫尔（其实应该翻译为大卫·希尔才比较准确）还有很多美国科幻作家在那里，比如获得过雨果奖的弗雷德里克·波尔等，因为他们都在吃早饭，我们也不太好意思打扰，但也都厚着脸皮去搭话、讨要签名。这些作家都很和蔼地跟我们两个高中生聊天，给我们签名。虽然没聊啥特别的内容，但还是进一步地激发了我对科幻的热爱。

科幻剧场：20世纪90年代，《天幕坠落》称得上是中国科幻读者心目中的最佳短篇，在这篇作品里，大卫关心的不只是生存环境恶化的问题，还有对世界的观察理解，以及对于爱的

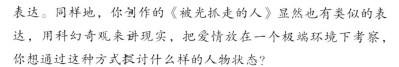

被 光 抓 走 的 人

表达。同样地，你创作的《被光抓走的人》显然也有类似的表达，用科幻奇观来讲现实，把爱情放在一个极端环境下考察，你想通过这种方式探讨什么样的人物状态？

董润年：这部电影想探讨的并不只是爱情，还有一个人到底如何发现并且面对最真实的自我。

在我们日常生活中，再正直善良的人，也可能藏有不足为外人道的一些想法以及欲望，我觉得这是人性本身无法避免的，只不过是在社会的这种关系中，道德能够帮助我们去克服那些不好的想法。但是当极端的情况出现以后，道德所维持的这个东西，以及社会约定俗成的某些表面现象被撕掉以后，我们怎么面对自己灵魂深处一直被压制的蠢蠢欲动的阴暗面？

我们现代人，尤其是年轻人，总说要忠于真我，但是那个真我到底是怎样的？是不是"真的"？还是说很多只是商业社会下被塑造出来的人云亦云？我们探讨的是人作为具有社会属性的存在，他（她）的自我，是在跟别人接触的过程中，在人和人之间的关系中体现出来的。而爱情是人际关系中最紧密的一种，人在爱情中，往往会容易呈现出相对真实的一个自己，所以我选择爱情关系来作为一个通道，放在极端情况下，去展现我们每个人真正的自主抉择，去发现最真实的欲望和恐惧，并且学会怎么去接受它，去跟自己达成和解。

科幻剧场：《被光抓走的人》上映距今四年多了，假如有一道光，把你带回到过去，重新拍这部电影，你会怎么做？坚持当初的想法，还是会做一些适当的改变？

董润年：我对现在的《被光抓走的人》还是挺喜欢的。虽然因为各种原因，有些内容被删掉了，多少影响了最初的表达，但是如果能回到过去再拍一遍，那些内容也还是会被删掉，所以也没什么遗憾。当然，我是个好奇的人，如果真的让我带着现在的记忆回到拍摄之前，我肯定会尝试换一种完全不同的方式再拍一遍，可能是换成伪纪录片的手持方式，也可能尝试音乐剧的方式，能试试不一样的为什么不呢？即便这个不一样的尝试可能会失败。

科幻剧场：《被光抓走的人》基调严肃且有些沉重，以后拍科幻电影，你会不会考虑运用自己驾轻就熟的喜剧风格？比如《疯狂的外星人》这样的，还是仍然想尝试走一条超乎想象的新路子？

董润年：肯定是要创新的。现在我就有一部科幻电影正在剧本开发阶段，到时候出来，大家一定会觉得想不到的。

科幻剧场：如果只是作为观众，你最想看到什么样的科幻电影？

董润年：新鲜的。

科幻剧场：科幻电影在全世界范围内都是一个比较重要的电影类型，从行业角度来看，科幻题材有什么独特的优势？

董润年：科幻其实可以包容任何题材，所以它的创作空间很大。

科幻剧场："中国科幻元年"这个概念一直被提及，尤其是近两年，在《开端》《独行月球》《三体》《流浪地球2》《宇宙探索编辑部》等一些不同风格的科幻影视上映后，都取得了相当不错的成绩，在这个节点上，你怎么看中国科幻影视今后的发展趋势？

董润年：随着时代的发展，尤其是AI技术的巨大发展，我们每个人的生活其实都已经发生了很大的变化，甚至可以说，以往我们感受上的科幻，已经逐渐变成现实了。所以我觉得科幻影视作品会越来越多的。

董润年

编剧、导演，先后毕业于中国传媒大学导演系影视导演专业（本科）、电影学专业（硕士）。编剧代表作：都市情感剧《丑女无敌3》、剧情电影《老炮儿》（凭借该片获得第31届中国电影金鸡奖最佳编剧奖）、喜剧电影《厨子戏子痞子》《心花路放》《疯狂的外星人》。2014年，与文牧野等联合执导爱情电影《恋爱中的城市》；2019年，自编自导爱情科幻电影《被光抓走的人》；2023年，自编自导的职场喜剧电影《年会不能停！》上映。